작은 것들

ㅈㅏㄱㅇㅡㄴ ㄱㅓㅅㄷㅡㄹ

작은 것들

강이라
권정숙
김 강
김도일
문서정
채 윤

도서출판 득수

강이라

강이라

2012년 신라문학대상에 단편소설 「볼리비아 우표」가, 2016년 국제신문 신춘문예에 단편소설 「쥐」가 당선되면서 작품 활동을 시작했다. 2019년 현진건문학상 추천작을 수상했다. 소설집으로 『볼리비아 우표』(2018)가 있고, 앤솔러지 『나, 거기 살아』(2019), 『당신의 가장 중심』(2021)을 함께 썼다.

[작가 노트]

시절인연時節因緣

십여 년 만에 네게 안부를 전해.
누룽지빛 볕 속에 디오게네스처럼 들어앉아
염화미소로 사람 속 뒤집던 너,
너의 열넷, 열다섯, 열여섯과
나의 서른다섯, 서른여섯, 서른일곱의 시절.
샘은 왜 살아요?
중간고사 마지막 날, 아무도 오지 않는 학원 교실에 홀로 나타나
네가 내게 던졌던 화두.
너의 국어 시험지를 풀다 말고 내다보았던 개척교회의 십자가.

몇 년이 흘러 너는 문득 생각이 났노라며
전화를 걸어와 느릿한 말투로
샘, 잘 지내요? 물어놓고는 이미 답을 아는 사람처럼
더는 묻지 않았어.

범규야,
샘은 그 후 소설을 쓰며 살고 있는데
네가 등장하는 이야기도 있어.
오래전 네 질문에 대한 나의 답이 많이 늦었지.
이 소설이 네게 잘 가닿기를 바라.
쓰는 내내 행복했어.

고마워.

우리의
공갈 젖꼭지
나무

다정은 주머니 속의 담배를 만지작거리다 말고 흘깃 벽시계를 쳐다보았다. 마지막 교시가 절반 넘게 지나 있었다. 남은 시간은 이십 분. 담배 한 대를 피우고 나서 교실 청소까지 하고 나면 딱 맞을 시간이었다. 짙은 파랑으로 선팅된 창문을 투과해 들어온 오후 볕에 교실 바닥이 푸른 바닷속처럼 투명하게 일렁였다. 창문을 반쯤 열자 건너편 2층으로 개척교회가 내다 보였다. 아멘. 담배를 꺼내 물며 다정은 중얼거렸다. 다정은 개신교 신자는 아니었다. 단지 저 개척 정신에 대한 경외일 뿐이었다.

다정은 창문과 벽 모서리 사이에 몸을 반쯤 숨기고 서서 손등 위로 담배를 토옥톡 두드렸다. 중간고사 마지막 날이었고 교실에는 아무도 없었다. 옆 반도 조용했다. 불을 붙인 담배의 첫 모금을 길게 빨아들였다. 그리고 더 길게 뱉었다. 담배 연기는 곧장 날아갔다. 그 직진이 부러웠다. 전진도 여의찮아 제자리뛰기와 후진만 몇 년째였다.

젊어 고생은 사서도 한다지. 아버지가 말했다. 다정의 아버지는 늙도록 가난했다. 인생은 오뚝이 같아서 넘어져도 다시 서게 되어있어. 어머니는 말했다. 다정의 어머니는 관절염을 오래 앓아 앉고 서기도 힘들어했다.

다정한 부모님은 의기소침한 딸을 가운데 두고 앉아 딸의 양쪽 두 날개 자리를 정성스러운 손길로 어루만져 주었다. 간지러움을 참지 못해 두 어깨를 으쓱 끌어올리면 신기하게 날개라도 돋은 듯 몸이 가벼워졌고 헤실헤실 웃음까지 새어 나왔다. 그러면 부모님은 이제 됐다는 표정을 지으며 남은 손으로 무릎을 토닥여 주었고 마무리로 손까지 꼭 잡아주었다.

그때, 문이 열렸다. 마지막 모금까지 내뱉고는 팔을 휘휘 저으며 교실에 고인 연기를 창밖으로 몰아내던 중이었다. 얼음! 다정은 그대로 얼어붙었다. 창밖으로 내민 손끝에는 미처 없애지 못한 담배가 들려있었다. 술래는 한솔이었다. 한솔은 문손잡이를 쥐고 한 발은 교실에 한 발은 복도에 걸친 채 꼼짝 않고 서 있었다. 흡흡. 들숨을 짧게 끊어 마시며 발원지를 찾던 한솔의 시선이 다정의 손끝에서 멈췄다. 분필로 볼 수도 있잖아. 묘수가 아닌 자충수라는 걸 다정은 바로 알아챘다. 교실 칠판은 보드판이니까. 보드 마커라고 우겨볼까. 그러려면 다정의 손끝에 들린 건 쿠바산 시가여야 했다. 다정을 얼음에서 풀어줄 묘안은 딱 하나뿐. 다른 방법이 없었다. 다정은 손끝에서 힘을 뺐다. 땡! 기다렸다는 듯이 한솔이 교실로 남은 발을 들이며 등 뒤의 문을 꼭 닫았다. 새어 나가면 곤란한 것이 무엇인지 잘 안다는 듯이. 한솔은 백팩을 벗어 책상 옆발치에 버리듯이 내려놓으며 의자에 앉았다. 창가 쪽 맨 뒤, 창과 벽의 두 면이 만나는 구석 자리였다. 먼저 차지하는 사람이 없는 한 그 자리는 한솔 차지였다. 항상 가운데나 맨 앞에 앉는 아이가 있는 반면에 늘 테두리 자리를 떠도는 아이가 있다. 한솔은 후자였다. 등 뒤를 비우면 칼이라도 맞을 것처럼 벽이나 창 쪽에 등을 붙이고 앉는 걸 선호했다.

— 왔니?

다정은 창문을 닫고 교탁으로 돌아와 일없이 깨끗한 보드판을 지웠다.

— 오늘 국어 시험 쳤지?

다정은 자신이 술래가 되어 공수를 바꾸기에 가장 적절한 질문을 한솔에게 던졌다.

— 네.

한솔이 순순히 인정했다.

— 점수 매겨봤어? 몇 점 나왔어?

— 안 매겼어요. 어차피 내일이면 가채점 나오잖아요.

부루퉁과 심드렁의 합집합 같은 목소리로 한솔이 대답했다. 더 못 치면 정말 곤란했다. 원장의 심각한 얼굴과 상담 전화로만 만났던 한솔 엄마의 차분하면서도 찹찹했던 목소리가 떠올랐다. 다정은 한솔의 학원 국어 담당이자 담임이었다.

— 시험지 내놔봐. 샘이 매겨보게.

다정은 바닥의 백팩을 들어 한솔의 책상 위에 올려놓았다. 한솔은 별다른 저항 없이 가방을 열고 손을 집어넣더니 뭔가를 한 움큼 집어냈다. 하, 다정은 한숨을 내쉬었다. 한솔이 책상 위에 늘어놓은 것은 똑같은 크기의 딱지와 비행기였다. 딱지는 국영수 두 장짜리 시험지였고 비행기는 미술, 음악 같은 한 장짜리 시험지였다.

— 샘, 그래도 국어를 제일 잘 친 거 같아요.

다정은 네모반듯한 모양으로 야무지게 접은 딱지를 하나씩 들어 앞뒤로 살피며 영혼 없이 고개를 끄덕였다. 한솔이 음표가 보이는 비행기를 집어 들어 앞 책상을 향해 휙 던져 올렸다.

— 샘, '나의 모국어는 침묵'이라고 하면 그건 역설법이에요,

반어법이에요?

시험에 류시화의 에세이가 나온 모양이었다. 저자가 미국의 인디언 축전에 참가했을 때의 경험을 쓴 글로 에세이에는 대화에 앞서 침묵으로 상대방을 느끼는 걸 중요시하는 라코타족에 대한 이야기를 담고 있었다.

— 우리 한솔이는 뭐라고 생각했을까?

다정은 국어 시험지 딱지를 풀며 물었다.

— …… 찍었어요.

다정은 라코타 부족처럼 침묵했다.

— 글은 참 좋더라고요. 그래서 두 번이나 읽었어요.

한솔이 턱을 괴고는 문학소년처럼 창 쪽으로 고개를 기울였다.

— 복사해야 하니까 딱지랑 비행기 다 펴놔.

교탁으로 돌아와 손날로 시험지의 구김을 펴며 다정은 1번 문제부터 풀어나갔다. 첫 단추를 잘 끼워야 결과도 좋다. 첫 문제를 맞힌 시험은 점수가 좋다. 그건 다정의 시험 징크스였다. 전 과목의 첫 문제를 다 맞혀도 잘 안될 걸 알면서도 그래도 출발만큼은 산뜻하게 하고 싶었다. 자신이 맡은 아이들의 시험지도 마찬가지였다. 짐작대로 시험지에는 '나의 모국어는 침묵'의 일부분이 첫 지문으로 실려있었다. 주머니에서 빨간 볼펜을 꺼내

드는데 교실 문이 벌컥 열렸다. 희미하게 남은 담배 냄새를 숨기듯 다정은 숨을 흡 들이켰다. 한솔이 날린 비행기가 열린 문에 부딪혀 바닥으로 떨어졌다. 얼음이고 땡이고 할 틈도 없었다. 세탁소 아저씨는 망설임도 없이 쫓아 들어와 한솔의 교복 셔츠를 빠르게 낚아챘다.

— 너지? 너야!

뒤미처 쫓아온 원장이 세탁소 아저씨의 한쪽 팔을 붙들며 말렸다.

— 사장님, 사장님. 진정하시고 일단 확인부터 하는 게…….

세탁소 아저씨가 붙잡힌 팔을 크게 돌려 홱 뿌리치고는 다시 한솔의 멱살을 잡았다.

— 세탁소 바로 위가 이 교실이고, 여기서 내던진 담배꽁초 때문에 손님 패딩에 빵꾸가 났는데 뭔 확인이 필요해요? 머리에 피도 안 마른 게 벌써부터 담배질이나 하고. 피우려거든 곱게나 피우던가.

원장은 다정에게 좀 말려보라는 눈치를 주었지만 다정은 다시 얼음이었다. 보이는 건 멱살이 잡힌 채로 좌우로 흔들리는 한솔의 창백한 얼굴뿐이었다.

— 사장님, 이 학생이 그랬다고 볼 수도 없는 게.

옆 반의 수학 선생이 보탠 말이 오히려 화근이 되고 말았다.

— 애가 그랬다고 볼 수 없다? 그러면 저 젊은 선생이 피웠다는 거요?

세탁소 아저씨가 한솔의 멱살을 잡은 채로 다정을 돌아보았다.

— 그런 거요?

다정은 목 끝을 겨눈 칼날 같은 시선을 피하지도 못하고 마른 침을 꿀꺽 삼켰다.

— 그런 거냐고요?

세탁소 아저씨가 말끝을 꾹꾹 눌러 다시 물었고 더 이상은 버티기 어렵다고 다정은 생각했다. 잘리는 것도 문제지만 구스 다운이면 상당히 비쌀 텐데. 눈을 질끈 감았다 뜨며 다정이 입을 뗐다.

— 죄송해요.

한솔이 멱살이 잡힌 채 웅얼거렸다.

— 잘못했어요.

— 내 이럴 줄 알았어. 이 새끼, 그게 얼마짜린 줄이나 알아? 나와. 나와서 앞장서!

세탁소 아저씨가 멱살을 쥐고 있던 손을 풀어 목덜미 셔츠 자락을 단단히 틀어쥐고는 한솔을 교실 밖으로 내몰았다. 사색이 된 원장이 조급히 따라나갔다. 한솔의 자리 밑으로 뭉개진 시험지가 흩어져있었다. 다정은 국어 시험지를 다시 풀기 시작했다. 다행히도 한솔은 첫 문제를 맞혔다.

복도로 들어서니 된장찌개 냄새가 났다.

복도식 아파트의 맨 끝 집 현관문은 마른 다정이 쏙 들어갈 만큼 알맞게 열려있었다. 식어도 맛있고 다시 끓이면 더 맛있다고 해도 엄마는 늘 금방 끓인 찌개를 다정의 밥상 위에 올렸다.

— 다정 엄마, 우리 다정이 왔어.

막 욕실에서 나온 아버지가 젠 손으로 바지 자락을 정리하고는 다정이 벗은 신발을 모아 바깥쪽으로 돌려놓았다.

— 금방 씻고 나왔는데. 아버지, 손 버려.

— 손이야 다시 씻으면 되지. 이렇게 해두면 내일 나갈 때 우리 딸 편하고 기분도 좋잖아.

아버지는 현관 앞에 쪼그려 앉아 자신과 아내와 딸의 신발을 나란히 붙여놓았다. 아파트 경비원으로 일할 때 재활용함에서 꺼내온 운동화는 바깥쪽 뒤축이 닳아 구멍이 나기 직전이었다. 양반은 못 되니 걸음이라도 팔자로 걸어보는 거지. 아버지의 그 팔자걸음이 보기 싫어 큰맘 먹고 사 온 나이키 운동화를 아버지는 신발장에 고이 모셔놓고 좋은 날에만 꺼내 신었다. 셋 중에 제일 좋은 신발은 엄마의 기능성 단화였다. 다훈을 낳고 시작된

류머티즘 관절염이 몇 년 전부터 부쩍 심해져 일반 신발로는 십여 분 걷는 것도 힘이 들어 기대 반 의심 반으로 맞춤 제작한 신발이었다. 기분 탓인지 몰라도 한결 덜 아프다고 하면서도 어머니는 아껴 신을 궁리만 했다. 다정의 때 묻은 컨버스화까지 놓인 현관의 풍경만으로도 가난이 증명되는 것 같아 속상한 다정과 달리 아버지와 엄마는 나란히 놓인 아빠 신발, 엄마 신발, 딸 신발, 아들 신발의 단란함과 다정함을 아꼈다.

부엌과 마주 보는 욕실은 두 팔을 벌리면 닿을 정도로 좁았지만 그 사이에는 작은 식탁이 놓여있었다. 부엌을 지나 방으로 들어가려면 바깥쪽에 앉은 사람이 수저를 놓고 일어서서 비켜주어야 했다. 관절염이 심해 바닥에 앉는 게 고역인 엄마를 위해 다훈이 당근마켓에서 산 식탁이었다. 작은 식탁이었지만 워낙 상차림이 간소해 비좁을 일이 없었고 식구도 다훈 없이 셋뿐이라 크게 불편하지는 않았다. 마른 김과 달래장, 금방 끓인 된장찌개와 갓 지은 밥을 놓고 다정의 가족은 수저를 들었다. 엄마가 찌개에서 두부를 건져내 다정의 밥 위에 올려주었다.

— 우리 다정이 얼굴이 해쓱하네. 학원에서 무슨 일 있었어?

— 일은…….

다정은 두부를 으깨 밥에 비벼서 마른 김에 싸 입으로 가져갔다.

— 낮에 다훈이 전화 왔었어. 시험 끝나고 바로 내려온다고 하더라. 이불 너무 오래돼서 버려야겠다길래 누나한테 물어보라고 했어. 집에 있는 거라도 가져갈래?

— 훈이랑 통화해볼게요. 참, 이번 달 생활비.

다정은 식탁 의자에 걸어둔 크로스 백에서 봉투를 꺼내 엄마 밥그릇 옆에 내려놓았다. 엄마가 봉투를 다시 다정 앞으로 밀었다.

— 서울 가서 공부하려면 한 푼이라도 더 있어야지. 넣어둬. 지금은 아버지도 일하니 나쁘지 않아.

— 그 돈 떼놓고 드리는 거예요.

엄마의 손에 봉투를 들려주고는 다정은 찌개를 한 숟가락 크게 떠먹었다. 어머니는 봉투를 사이에 두고 기도하듯 두 손바닥을 가슴 앞에서 모았다.

— 너는 집 걱정 말고 올라가. 이번 일이 우선 육 개월 하고 봐가면서 한두 달 연장도 가능하다니 한동안은 괜찮아.

아버지가 밥을 뜨다 말고 손으로 오른 턱 밑을 감쌌다. 왼쪽의 빈 어금니 자리를 채우지 못해 오른쪽으로만 음식을 씹다 보니 턱에 무리가 간 것이었다. 달래듯 어루만지며 다시 천천히 밥을 씹어 넘기는 아버지를 다정은 속상한 마음으로 바라보았다. 아버지는 성실했지만 평생을 이 일 저 일 전전하며 살았다. 엄마는 함께 살면서 한 번도 아버지를 원망하거나 탓하지 않았다. 오히려 부족한 만큼 같이 메우면 된다고 생각해 미싱 일을 하다가 난청이 왔고 손목까지 무리가 와서 약을 먹어야 했다. 아버지는 시에서 지원하는 일자리 창출 사업에 지원서를 낸 게 통과돼서 지난달부터 일을 나가고 있었다. 동네의 할당된 구역에서 쓰레기를 줍는 환경미화원 비슷한 작업이라고 했다. 다정은 어려서 아버지의 성실과 긍정이 비천하고 남루한 삶을 숨기기 위한 보호색이 아닐까 생각한 적도 있었지만 아버지는 태생이 그런 사람이었다. 콩 하나에도 감사할 줄 아는 사람이었다. 아버지란 자리를 성직으로 여기며 사는 사람이 어찌 비천할 수 있겠는가.

— 원장실로 오세요.

수업 자료를 복사하는데 원장의 문자가 들어왔다. 올 게 왔구나. 다정은 교무실을 나가 3층 원장실로 올라갔다. 노크하고 들어가자 원형 테이블 안쪽에 앉은 원장이 보였고 다정에게서 등지는 자리에 누가 앉아있었다. 대개 학원에 아이를 보내는 학부모들이 앉는 자리였다. 컬이 굵은 웨이브의 어깨 단발 밑으로 각이 잡힌 갈색 재킷에 같은 색 바지를 입고 꼰 다리 위에 포개 올린 두 손이 엄격하면서도 단정해 보였다.

— 인사하세요. 이한솔 어머니세요.

원장이 한쪽 눈썹을 슬쩍 치켜올리며 다정에게 신호를 보냈다. 어떤 뜻인지 몰라 눈치를 살피는데 예상보다 원장의 표정은 부드러웠다. 한솔 엄마가 의자를 돌리며 다정을 마주 보았다. 놀랄 만큼 미인이었고 얼굴에는 미소까지 띠고 있었다.

— 아, 한솔이 학원 선생님.

화난 기색이 전혀 없이 그저 환한 얼굴이었다. 한솔이 세탁소 아저씨에게 잡혀 나간 어제 이후의 상황은 아직 알지 못해 다정은 어떤 표정도 지을 수 없었다.

— 어제 많이 놀라셨죠? 옷값은 변상했어요.

— 한솔이가 아버지 담배를 재미 삼아 피워보려다 그렇게 된 거라네요. 그 나이 때 애들 호기심도 많고 다들 그렇잖아요.

원장이 말을 보태며 한솔 엄마를 향해 자본주의적 미소를 지어 보였다. 탁자 위에는 큰 베이커리 봉투가 놓여있었다.

— 한솔이 어머니께서 정 선생 얼굴 한번 보고 싶어서 지나는 길에 들르셨대요. 이렇게 롤케이크까지 사서 오셨어요.

— 애가 안 한 탓이겠지만 국어 성적이 반 토막이라 다른 학원으로 옮기려고 했는데 한솔이가 절대 안 옮긴다고 하네요. 국어 샘이 좋다고. 학원 다니며 한 번도 그런 말을 한 적이 없는데, 좀 놀랐어요.

다정은 원장실의 구석구석을 살폈지만 카메라 같은 건 없었다. 원장과 한솔 엄마가 다정을 완곡한 방법으로 해고하는 중이 아닌 건 분명했다. 한솔 엄마는 두 손을 풀며 옆자리에 놓인 클러치백을 들고 일어섰다. 가슴께에 달린 진주 브로치가 단색 재킷 위에서 돋보였다. 어머님보다는 사모님이라는 호칭이 더 어울리는 이미지였다.

— 형은 과학고 다닌다네요.

원장이 비밀을 나누듯 은근하면서도 뿌듯한 목소리로 속삭였다.

— 한 핏줄인데 한솔이가 형의 반값도 못하네요. 이런 식이면 인서울도 어렵지 않겠어요?

한솔 엄마는 클러치백을 옮겨 들고 빈손으로 다정의 손목을 부드럽게 잡으며 눈을 마주쳤다.

— 정다정 선생님 믿고 다시 맡기는 거예요. 애 성적, 좀, 잘 부탁드려요.

한솔 엄마는 다정에게 눈인사를 보내고는 원장실을 나갔다. 애를 좀 부탁한다고 했으면 다정은 노력하겠다고 대답했을 것이다. 한솔이를 잘 부탁한다고 했으면 최선을 다해보겠다고 대답했을 것이다. 그 말이 그 말이라고 할 수도 있겠으나 다정은 말에 있어 어디에 방점을 찍느냐에 따라 어감이 완전히 달라진다고 생각했다.

남으라는 말을 할 필요도 없었다. 한솔은 수업을 마치고도 같은 반 애들이 모두 나갈 때까지 자리에 앉아 느릿한 손으로 가방을 싸고 있었다. 창을 열고 보드판을 지우고 책상의 열을 맞추고 의자를 책상 밑으로 넣어 정리하는 동안에도 한솔은 말없이 기다렸다. 다정은 교탁 위의 참고서를 세워 탁탁 소리가 나게 두드렸다. 그제야 한솔이 가방을 한쪽 어깨에 메고는 다정 앞으로 걸어와 섰다.

— 샘, 저한테 할 말 없어요?

한솔은 우회하지 않고 단도직입적으로 물었다. 기본값인 '고맙다'와 '미안하다'란 말이 자존심이란 벽에 걸려 쉽게 나오지 못했다. 이런저런 말들을 최후의 패처럼 만지작거리다 툭 던진 말은 터무니없었다.

— 시키지도 않은 거짓말을 한 건 너야.

한솔이 의외의 말에 놀랐는지 눈을 두어 번 깜박이며 다정을 보았다. 잠시 후 고개를 끄덕이고는 말했다.

— 네, 맞아요. 샘이 그러라고 시키지는 않았어요.

— 그런데 뭐?

한솔은 검지로 교탁의 모서리를 문지르며 뜸을 들였다.

— 그게 말로 하기는 좀 어려운데요. 샘은 어른이잖아요.

난감한 국어 성적과 달리 한솔의 말에는 요점과 맥락은 없으면서도 상대를 몰아붙이는 힘은 있었다.

— 내가 어른스럽지 못했단 거니? 그렇다 해도 네가 했다고 나설 일은 아니었잖아.

— 샘이 어른이라서 그런 거예요. 아무래도 그런 일은 어린애가 했다고 하는 게 더 낫잖아요. 어제 샘 얼굴은 완전 죽상이었어요.

상황적으로는 일리 있는 말이었지만 한솔이에게 잘했다고 할 수도 없는 노릇이었다. 세탁소 아저씨에게 수모를 당하고 부모님께 혼나며 변상까지 했으니 이 아이에게는 좋을 게 하나도 없는 선택이었다.

— 어차피 곧 그만둘 거였어. 한 달 일찍 잘린다고 큰일 나지 않아.

— 그래도 쪽팔리잖아요.

— …….

— 옷값은요? 샘은 소녀 가장이라서 벌어야 한다고 했잖아요.

수업 시간에 졸고 자고 딴짓만 하는 줄 알았더니 주워들은 말도 있었던 모양이었다. 더는 물러설 수 없이 쥐구멍 앞이었다. 미안하게 됐다고 말해야 그나마 어른스럽기라도 할 터였다.

— 샘, 우리 기브 앤 테이크해요.

다정은 애한테 약점 제대로 잡혀 남은 한 달이 고달프지나 않을까 하는 걱정부터 되었다. 차라리 지금이라도 양심선언하고 일을 바로잡는 게 낫지 않을까 싶었다.

— 기브 앤 테이크?

빗소리에 깨어 시간을 확인하니 새벽 네 시가 지나 있었다. 다정은 거실로 나가 베란다 문을 닫았다. 큰방을 겸하는 거실 안쪽에서는 부모님이 곤히 잠들어 있었다. 다정은 방으로 돌아가려다 엄마가 덮고 있는 이불을 들추고 몸을 새우처럼 말아 곁에 누웠다. 기척을 느낀 엄마가 끙 소리를 내며 바로 누웠다. 어려서는 동생까지 네 식구가 이 거실에서 함께 잤다. 남은 방 하나는 다정의 방이기는 했지만 잠잘 때를 제외하곤 연년생인 다훈과 같이 공부방으로 썼다. 워낙 어려서부터 익숙했기에 불편함은 없었다.

다훈이 지내는 서울의 고시원도 마찬가지였다. 고시를 준비하고 시험을 치는 일 년씩 둘이서 번갈아 쓰고 빠지며 지낸 게 벌써 사 년째였다. 곧 시험을 치는 다훈이 내려오면 다정이 학원을 그만두고 다시 서울로 올라가서 바통터치를 해야 한다. 지금으로선 둘 중 하나만 먼저 합격해도 한시름 덜고 경제적으로도 부담이 덜 될 터였다. 다훈이도 지금 자고 있겠지. 창문 안 닫으면 책상으로 비가 들이쳐 책이 젖을 텐데. 다성은 눈을 감고 엄마의 어깨에 코를 박으며 냄새를 맡았다. 손은 엄마의 가슴께를 더듬고 있었다. 완만한 능선으로 이어진 엄마의 두 가슴은 작지만 연한 새순처럼 부드러웠다. 다정은 엄마의 왼쪽 젖가슴에 손을 가만히 올려놓고 손바닥으로 전해지는 심장박동을 들었다. 연년생으로 태어난 다훈에게 젖을 빼앗기는 바람에 충분히 엄마 젖을 먹지 못한 다정이 가지게 된 잠버릇이었다. 엄마는 칭얼대는 다정의 입에 대신 공갈 젖꼭지를 물려주었다. 동생이 엄마 젖을 떼도록 다정은 공갈 젖꼭지를 떼지 못했고 결국 위 대문니가 살짝 벌어진 채 나고 말았다. 다정은 엄마의 가슴에 손을 올려놓은 채 숨을 따라 쉬었다. 마시는 숨에 꿈꾸듯 부푼 가슴이 되고 내쉬는 숨에 안도하듯 쓸려 내려가는 엄마의 숨을 따라 쉬다 보면, 태중으로 돌아가 가없는 안전과 평화를 누리는 기분이었다.

엄마가 이불 밑에서 팔을 뻗어 다정의 허벅지를 토닥였다. 다정도 엄마의 가슴에 손을 얹은 채 손가락 끝으로 토닥여주었다. 빗소리가 먼저 깊어졌는지 밤이 먼저 깊어졌는지도 모르게 다정은 다시 잠이 들었다.

한솔은 대합실 끝자리에 앉아있었다. 다가가 어깨너머로 들여다보니 휴대폰 게임 삼매경이었다. 다정이 어깨를 툭 치자 한솔이 잠깐만요, 잠깐만요를 외치고는 몇 분이 지나서야 게임을 끝내며 일어섰다.

— 졌어요.

— 이기지도 못할 거 뭐 하러 해.

— 잘해보고 싶어서요. 사람이 어떻게 맨날 이겨요? 질 때도 있는 거죠.

즉문즉설 같은 한솔의 말에 다정은 따분한 표정을 숨기지 않았다.

— 좋을 때다. 맨날 져도 두렵지 않을 나이. 그게 네 나이지.

살짝 꼬인 다정의 말에도 한솔은 아랑곳하지 않고 주머니에서 꺼낸 표를 내밀었다.

— 동서울터미널에서 내려 지하철 타면 환승 없이 바로 갈 수 있대요. 걸어서 가도 되고요. 시간 다 됐어요. 가요, 샘.

한솔이 다정이 메고 있는 백팩의 한쪽 어깨끈을 잡고는 이끌듯이 앞장서 걸었다. 서울까지는 편도 세 시간, 왕복 여섯 시간 거리였다. 점심나절에 출발해 당일치기로 다녀오기에는 빠듯한 시간이었다. 주말 서울행인데도 버스에는 빈자리가 더 많았다. 한솔과 다정은 통로를 사이에 두고 떨어져 앉았다. 버스가 후진

하며 타는 곳에서 점점 멀어졌다.

— 한솔. 아무리 일일 보호자라도 어딜 가는지 정도는 알아야 하지 않겠어?

— 나쁜 짓 하러 가는 거 아녜요.

한솔이 다정에게 원한 기브 앤 테이크는 동반 서울행이었다.

— 집에는?

— 학원에 국어 보강 있다고 둘러댔어요.

다정이 좌석 등받이에 상체를 묻으며 고개를 절레절레 내저었다.

— 구독하는 유튜브가 있어요. 엄청 유명한 채널은 아닌데요. 얼마 전에 드디어 구독자 오 만을 넘겼어요.

한솔이 다정을 향해 손가락 다섯 개를 펴 보였다.

— 기념으로 첫 구독자 모임을 하는데 거기에 초대받았어요. 애청자 스무 명 한정이래요.

— 좋겠네.

다소 비아냥스러운 어투였지만 다정은 진심이었다. 야박할 정도로 한정된 정원 안에 무리 없이 들어가는 것. 탈락과 실패의 쳇바퀴를 멈추고 허락된 자가 되는 것. 그것이 지난 몇 년간 다정이 간절히 바라 온 것들이었다.

— 뭐 하는 유튜븐데?

— 꽁보리네 보리예요.

— 꽁보리네 보리?

한솔이 휴대폰의 유튜브 채널을 열어 다정에게 내보였다.

— 얘가 보리예요. 이쁘죠?

은근한 자랑스러움을 담아 한솔은 입꼬리를 말아 올리며 기꺼운 동의를 구하듯 물었다.

한솔이 내민 화면 속에는 골든레트리버 한 마리가 만개한 웃음을 지으며 정면을 응시하는 모습이 담겨있었다. 다정의 눈길을 더 잡아끈 것은 개의 증명사진보다 섬네일이었다. 탈락탈락, 보리의 삼수 견생!

흡연 구역은 휴게소 화장실 뒤편에 있었다. 너머로 보이는 길쭉한 저수지 위로 둘러싼 산 능선이 비쳤다. 다정은 갓 불을 붙인 담배를 한 모금 길게 빨아들이고는 한숨처럼 뱉어냈다. 중2한테 꼬투리 잡혀 이 화창한 날에 개 유튜브 모임에나 끌려가고 있는 스스로가 한심했다. 끊어야지, 끊고 말지. 다정은 담뱃재를 털며 내년에는 이 손에 담배 대신 교편을 쥐리라 다짐했다.

가난한 일상으로 평생을 살면서도 늘 자족했던 부모에게 한번쯤은 차고 넘치게 자랑스러운 자식이 되어보고 싶었다. 가난해 욕심을 모르는 건지, 욕심이 없어 가난한 건지 모를 부모는 자식에게도 욕심을 부리지 않았다. 낳고 키우는 동안 걱정할 만큼 처지지 않은 이유도 있었겠지만 원래부터 자식은 그릇의 물과 같아서 차고 넘치는 것보다 채울 자리가 보여 마음이 조금씩 쓰일 때가 좋다는 게 부모님의 생각이었다. 산도 하늘도 담을 정도의 저수지 정도면 되려나. 손끝에서 담배가 타들어 가는 줄도 모르고 상념에 빠져있던 다정의 눈에 계단을 내려오는 한솔이 보였다. 한솔은 별말 없이 흡연 부스의 바깥벽에 비껴 기대서서는 저수지를 내려다보았다.

— 한솔.

한솔이 부스 기둥에 몸을 기댄 채 귀를 기울이듯 고개만 슬쩍 돌렸다. 솜털 같은 귀밑머리가 햇빛에 반짝였다. 다정은 메마른 자신의 턱을 일없이 만지고는 아직 남은 담배를 비벼 껐다.

— 왜 그랬어?

— 뭘요? 어, 샘 가마 두 개다. 샘, 가마 두 개예요.

한솔은 까치발까지 들고 다정의 정수리를 들여다보며 딴소리를 했다. 빛과 공기만으로도 클 나이였다. 덜 자란 건 아직 아이의 티를 벗지 못한 목소리뿐이었다.

— 가마가 두 개면…….

다정은 한솔의 말꼬리를 싹둑 잘랐다.

— 시집 두 번 간다고. 한 번도 생각 없는데 두 번씩이나. 분

발해야겠네.

한솔이 졌다는 듯 두 손을 슬쩍 들어 보이고는 이내 팔을 뻗어 저수지를 가리켰다. 잔바람에 물이 일렁이고 있었다.

— 샘하고 저하고 눈이 딱 마주쳤을 때 말예요. 샘 눈이 꼭 저 저수지 같았어요.

학원 선생이 교실에서 담배 피우다 딱 걸렸는데 어떻게 동공 지진이 나지 않겠냐고 대답하려는데 한솔이 말을 이었다.

— 눈동자가 막 흔들리는 거예요. 샘도 잘못하면 나처럼 쪼는구나. 샘은 지금 겁나 쫄리겠다. 그렇게 생각하니까 샘이 세상 친하게 느껴지는 거예요.

— 그런데 정신 못 차리고 이렇게 또 피워대니, 우리는 더 친해지겠네.

다정이 자조 섞인 말을 던지고는 주차장 쪽으로 걸음을 옮겼다.

— 샘.

한솔이 두어 걸음 뒤에서 따라오며 불렀다.

— 그거 알아요?

대답을 바라고 던지는 질문 같지 않아서 다정은 대꾸하지 않았다.

— 학원에서 샘이 애들 부를 때 버릇.

기사 아저씨가 버스의 앞 타이어를 발로 툭툭 차는 모습이 멀리 보였다.

— 샘은 애들 이름을 부를 때 항상 우리라는 말을 붙여요. 우리 한솔이 왔니…… 우리 한솔이가 풀어볼래…… 우리 한솔이 혼날래…… 우리 한솔이 국어 성적이 이게 뭐야…….

다정은 자신에게 그런 말버릇이 있는지 몰랐으나 한솔의 말이 맞을 거라는 건 알 수 있었다. 이름을 부를 때 '우리'를 앞에 붙이는 건 부모님의 버릇이기 때문이었다. 우리 다정이, 우리 다훈이. 부모님의 입에서 나오는 우리라는 말은 한 울타리처럼 언제나 보드랍고 따뜻했다. 언젠가 부모님께 그 이유를 물은 적이 있었다. 다른 집은 애들이 크고 나면 그렇게 안 부르는데 왜 아빠 엄마는 우리가 다 크도록 그렇게 부르느냐고.

엄마와 아빠한테 우리라는 말은 사랑이야. 우리 다정이는 사랑하는 다정이야. 우리 다훈이는 사랑하는 다훈이고. 엄마와 아빠는 가난해서 너희 둘에게 줄 게 많이 없어. 사랑하는 마음밖에. 미안하면서도 감사하고 대견하면서도 든든한 말이야. 우리는.

다정은 버스에 오르며 잠깐 한솔에게 이 이야기를 해줄까 생각했지만 바로 고개를 저어 털어버렸다.

— 샘, 저는 그 말이 참 듣기 좋아요.

자리에 앉자마자 다정은 이어폰을 꺼내 귀에 꽂고는 눈을 감아버렸다. 앞문이 닫히는 소리와 함께 버스가 움직이기 시작했다. 다정은 곁눈질로 건너 좌석을 살폈다. 한솔이 창 쪽으로 몸을 기울여 밖을 내다보고 있었다. 마른 어깨에서 자라난 긴 팔을 괴고 하늘을 올려다보는 옆모습이 난생처음 시를 쓰는 소년 같았다. 이발 시기를 살짝 놓친 듯한 머리카락을 바람이 적당히 헝클어놓아 그렇게 보였을지도 모르겠다. 다정은 눈을 감으며 입속말로 우리를 두세 번쯤 반복해 보았다. 우리…… 우리…… 우리…….

구독자 모임은 동서울터미널에서 도보로 이십여 분 떨어진 작은 식당에서 열렸다. 식당은 꽁보리네 보리 유튜버 그러니까 보리 견주의 고모가 운영하는 비빔밥집이라고 한솔이 미리 말해주었다. 터미널에 도착한 다정은 한솔과 가까운 재래시장으로 가서 덮는 이불을 오만 원 주고 샀다. 구름 문양이 들어간 연회색 이불이었다. 고시원에 두고 다훈과 같이 쓸 이불이라 서로의 취향을 타지 않는 걸로 골라야 했다. 여름 이불이 아니어서 제법 부피가 나갔지만 무겁지는 않았다. 한솔은 휴대폰의 지도 앱을 확인하며 몇 발 짝 앞서 걸었다. 길눈이 밝은지 두리번거림 없이 나아가는데 발끝부터 신이 나 있었다.

행사장 입구에서 초대 명부를 확인한 후 보리 얼굴을 넣어 만든 스티커 두 장을 기념 굿즈로 받았다. 한솔과 다정이 마지막으로 테이블에 자리를 잡고 앉자 대학생쯤으로 보이는 앳된 얼굴의 보리 견주가 자리에서 일어서더니 눈인사를 했다. 견주의 오른편에는 오늘의 주인공 보리가 앞발을 세우고 점잖게 앉아있었다. 목덜미의 복슬복슬한 크림색 털이 유순해 보이는 얼굴과 잘 어우러져 큰 덩치에도 귀엽다는 인상을 주었다. 보리는 내민 분홍색 혀 양 끝으로 한껏 입꼬리를 올려 활짝 웃고 있었다.

— 보리는 시각 장애인 안내견 후보견이었어요.

한솔이 다정 쪽으로 상체를 기울이며 속삭였다. 다정이 돌아보자 한솔이 견주의 말을 들어보라는 듯이 턱짓으로 앞을 가리켰다. 견주가 말을 이어갔다.

— 구독자 여러분도 잘 아시다시피 우리 공씨 집안 막내딸 보리는 시각 장애인 안내견 양성 학교에서 태어난 골든레트리버입니다. 시각 안내견이 되기 위해서는 한 살이 될 때까지 일반 가정에서 사회화 학습을 위한 퍼피 워킹 훈련을 받습니다. 보리는 그렇게 저희 집에 오게 되었습니다. 보리는 강아지 때부터 흔한 말로 똥꼬발랄했는데요. 너무 에너지가 많아 한시도 가만히 있지를 못했어요. 될성부른 나무는 떡잎부터 알아본다는 속담이 있잖아요. 아무래도 보리는 시각 안내견이 되기는 어렵겠다는 생각이 그때부터 좀 있었는데요. 아니나 다를까요. 안내견 학교

로 돌아가 훈련 후 치른 첫 시험에서 보기 좋게 탈락하고 말았습니다. 탈락 사유는 사람을 너무 좋아해서 자꾸 한눈을 팔아서라네요.

모인 구독자들이 웃음을 터뜨렸다. 보리가 탈락 사유를 증명하듯 고개를 이쪽저쪽으로 돌려가며 귀를 쫑긋 세웠다.

— 그렇게 첫 시험에서 쓰라린 실패를 맛본 보리는 재수에 도전합니다. 그러나 마지막 야외 테스트에서 다시 떨어지고 마는데요. 탈락 사유는 다들 알고 계시죠?

다정의 앞 테이블에 앉아있던 한 남자가 말했다.

— 역시 사람을 너무 좋아해서죠.

— 맞습니다. 안내견이 되려면 주인만 바라보는 지고지순함이 좀 있어야 하는데 보리는 뭐랄까요. 만인을 사랑하는 개라고 하면 맞을까요. 결국 보리는 재수에 실패하고 일반 분양을 통해 저희 집으로 돌아오게 되었습니다. 저도 입사 시험에 두 번이나 떨어져 의기소침해 있을 때였는데요. 보리는 시험에 두 번이나 떨어져 놓고도 너무 즐거운 거예요. 보리나 저나 일도 없고 시간은 많아서 재미 삼아 찍어 올린 게 〈꽁보리네 보리〉 유튜브 채널의 시작이었어요. 보리는 삼수를 포기했지만 저는 올해 다시 도전 중이구요.

구독자들이 박수와 휘파람으로 견주를 격려했다. 한솔이 유튜브를 열어 보리의 퍼피 워킹 시절이 담긴 동영상을 다정에게 보여주었다. 견주의 말대로 보리는 한시도 가만히 있지 않고 사방으로 뛰어다니며 사람들한테 관심을 보였다.

구독자 모임은 채널의 인기 동영상 보기, 퀴즈 대회, 보리와 기념사진 촬영 후 견주의 고모가 준비한 비빔밥을 먹는 것으로 끝났다. 비빔밥은 맛있었고 다정과 한솔은 약속이나 한 듯 남기지 않고 다 먹었다. 견주와 보리는 식당 밖에 서서 돌아가는 구독자들과 일일이 인사를 나누며 다음을 기약했다. 한솔의 반강요로 다정은 얼떨결에 보리와 얼굴을 맞대고 인증 사진까지 남겼다.

날은 완전히 저물어 올 때와는 다른 낯섦이 있었다. 다시 걸어서 터미널로 돌아가는데 한솔의 손에 이불 가방이 들려있었다. 사진 찍느라 잠깐 내려놓은 걸 한솔이 챙겨 든 모양이었다. 달라고 해도 주지 않을 테고 괜히 실랑이만 할 거 같아 내버려두었다.

— 구독자들은 어떤 사람들이야? 개 좋아하는 사람들이 많으려나.

— 떨어져 본 사람들이요. 실패하고 탈락해본 사람들이 많아요.

— 동병상련이라는 건가. 어쨌든 보리는 그냥 개일 뿐인데.

— 그러니까요. 시험에 계속 떨어졌다고 울지도 않고 기도 안 죽고 더 신나니까요. 해맑잖아요. 댓글을 보면 그냥 위로가 된다는 글이 많아요. 구독자들은 농담으로 보리가 안내견 시험에 두 번이나 떨어진 건 공씨 집안에 돌아오기 위한 보리만의 빅피처였을 거라고 말해요. 성공보다는 행복을 선택한 거죠.

다정은 담배를 처음 피웠던 때를 떠올렸다. 사대를 졸업한 그해에 본 첫 임용고시에 불합격 결과를 받은 날이었다. 재수는 절대 없다는 마음으로 학교 도서관에서 살다시피 하며 준비했고 합격을 기대했던 터라 낙심이 컸다. 며칠째 바닥만 보며 한숨을 푹푹 내쉬는 다정에게 삼수 끝에 합격한 선배가 피다 만 담배 한 갑을 물려주며 말했다. 세상 아무리 기죽은 사람이라도 담배만 물려주면 고개를 들게 돼 있어. 담배 연기를 멀리 내뿜으려면 고개를 일단 들어야 하거든. 근데 이상한 게, 그게 위로가 된다. 선배의 궤변에 속는 척하며 넘겨받은 담배를 한 대 두 대 태우며 다정은 어느새 흡연자가 되어있었다. 선배의 말도 아예 틀린 말은 아니었다.

먼저 온 다훈이 하차장 앞에서 기다리고 있었다. 한솔에게서 이불을 넘겨받은 다훈이 근처에 싸고 맛있는 통닭집이 있다고 말하고는 앞장서 걸었다. 시장통 입구에 있는 가게는 포장과 배담이 많은 곳인지 홀은 넓지 않았다. 셋은 반반 메뉴로 주문을 하고 안쪽 테이블에 앉았다. 벽에 걸린 텔레비전은 EBC에 채널이 맞춰져 있었고 다큐멘터리가 방영 중이었다. 생맥주 두 잔과 콜라 한 병이 바로 나왔다. 다훈이 콜라를 따자 한솔이 두 손으로 유리잔을 받쳐 들었다. 그런 한솔이 귀여웠는지 다훈이 다정을 보며 싱긋 웃었다.

예닐곱 살 된 아이의 손을 잡은 젊은 엄마가 울창한 숲으로 이뤄진 공원을 걸어가는 모습이 화면에 잡혔다. 아이의 손에는 작은 꾸러미가 들려있었다. 모자가 멈춰 선 곳은 유독 가지가 사방으로 넓게 늘어진 나무 앞이었다. 나무는 주위의 다른 나무들과는 다른 모습을 하고 있었다. 이파리 사이로 언뜻언뜻 보이는 가지에 작은 뭔가가 주렁주렁 매달려있었다. 드문드문 카드나 색 풍선 같은 것들도 보였다. 아이는 엄마를 남겨두고 혼자 나무 가까이 걸어갔다. 나무는 그리 크지 않아서 늘어진 가지는 아이의 손에도 충분히 닿았다. 아이는 경건한 표정으로 고개를 들어 나무 꼭대기를 올려다본 뒤 가져온 꾸러미에서 뭔가를 꺼냈다.

— 어! 우리 누나가 좋아하는 거네.

다훈은 화면을 가리키며 다정을 보았다.

— 샘이 저걸 좋아한다구요?

한솔이 뜨악한 표정으로 물었다.

— 좋아하긴 누가. 너 땜에 그랬던 거지.

— 여섯 살 때까지 누나 사진 보면 전부 공갈 젖꼭지 물고 있잖아. 공갈 젖꼭지 늦게 떼면 다른 것도 늦될 수 있대서 엄마가 걱정 많았다고 했어.

다정은 애 앞에서 무슨 소리냐는 듯 인상을 쓰며 다훈을 흘겨보았다.

아이는 공갈 젖꼭지를 두 손바닥 위에 올려놓고 기도하듯 손을 포갰다. 음소거된 텔레비전 화면 아래로 자막이 흘렀다. 고마워. 잘 가. 아이는 작은 손으로 직접 공갈 젖꼭지에 색 끈을 연결해 나뭇가지 하나에 매달았다. 아이 엄마의 인터뷰에 따르면 북유럽에서는 아이들이 어느 정도 자라면 쓰던 공갈 젖꼭지를 나무에 직접 매달아 유아 시절에 대한 작별을 고하는 의식을 치른다. 그 나무의 이름이 공갈 젖꼭지 나무라고 했다.

— 저 의식을 안 해서 누나가 늦된 건가? 그럼 지금이라도.

다훈이 장난스레 두 손을 포개며 기도를 하려는데 마침 주문한 통닭이 나왔다. 주문한 반반 통닭은 다른 곳보다 훨씬 푸짐했다.

— 먹어봐. 가게는 허름해도 맛은.

다훈이 엄지척을 해 보이며 씩 웃었다. 다훈과 다정은 맥주잔을 들어 가볍게 건배했다. 다훈이 장난으로 한솔에게 한잔할래, 하고 물었고 긴가민가한 표정의 한솔이 다정의 눈치를 살폈다. 다정은 대답 대신 젓가락으로 다훈의 정수리를 툭 때렸다. 한솔은 낯을 가리면서도 다훈이 묻는 말에 꼬박꼬박 답해주었다. 구독자 모임과 꽁보리네 채널에 대해 이야기할 때는 얼굴에 화색이 돌았고 목소리는 한 톤 밝아져 있었다. 다훈은 맞장구와 호응을 반복하며 한솔의 이야기에 귀를 기울였다. 다정은 맥주를 홀짝이며 교사에 더 적합한 사람은 자신이 아닌 다훈일지도 모른다고 생각했다.

— 떨어져 본 사람들은 그 심정 알지. 얄궂게도 떨어지는 모든 것들에 마음이 쓰이거든. 한솔이 너는 잘 모르겠지만.

다훈이 스스로에게 답하듯 고개를 끄덕이고는 한솔만 들으라는 듯 상체를 낮게 기울여 자신도 공무원 시험 재수생이라고 속삭였다.

— 저도 그 기분 조금은 알 거 같아요.

다정이 의자에서 등을 떼며 옆에 앉은 한솔을 돌아보았다.

— 떨어지는 기분을 알 거 같다고?

말끝이 올라가 따지는 말투가 되고 말았다.

— 다른 의미로요. 제게는 형이 있어요. 형은 고1이고 과학고에 다녀요.

— 형이 공부를 잘하나 보다.

— 엄청요. 저랑은 비교도 안 되게요.

한솔이 테이블의 모서리를 검지로 연신 문질렀다. 이런 모서리는 모두 지워 없애겠다는 듯이. 다정은 큼직한 프라이드 닭다리 하나를 한솔의 접시에 옮겨주었다.

— 엄마 아빠는 좋은 사람이지만 제 성적에는 무척 예민해요. 외가, 친가 통틀어 공부 못하는 사람은 저 하나라 더 그런 거 같아요. 그래서 늘 듣는 말이 형보다 머리가 떨어진다…… 형보다 성적이 떨어진다…… 형만 못하다…… 예요.

— 그래서 보리가 좋은 거구나.

다훈은 한솔이 나눠준 보리의 사진 스티커를 집어 찬찬히 들여다보다가 보리가 가장 환하게 웃고 있는 사진을 한 장 떼어 다정의 휴대폰 뒷면에 붙였다. 다정은 급하게 폰을 빼앗았지만 한솔이 보는 앞에서 스티커를 바로 떼어내기도 뭐해서 혀를 차며 맥주를 들이켰다.

다정이 괜찮다는데도 다훈은 터미널까지 따라왔다. 통닭 한 마리가 만든 친분의 힘으로 한솔과 다훈은 전화번호를 교환했다. 한솔은 바로 다훈에게 톡으로 〈꽁보리네 보리〉 유튜브 채널 링크를 보내주었다.

— 누나, 나는 다음 주 수요일에 내려갈 거야. 엄마한테 우리

다후이가 가자미조림 먹고 싶다고 전해줘.

— 쓰던 이불은 종량제 봉투에 넣어서 버려. 나는 너 내려오면 다음 날 바로 올라올 거야.

— 우리 한솔이도 잘 가고.

다훈이 손을 흔들며 서너 걸음 물러섰다. 다정과 한솔은 막 시동이 걸린 버스에 올라 뒤쪽 창가 자리에 떨어져 앉았다.

— 샘.

버스가 톨게이트를 지나 서서히 속력을 올리기 시작할 때쯤 잠든 줄 알았던 한솔이 다정을 나지막한 소리로 불렀다. 다정이 돌아보자 한솔이 앞자리 시트에 시선을 고정한 채 두 손끝을 톡톡 치고 있었다.

— 샘, 학원 그만둬요?

— 나도 이제 내 공부해야지.

남 얘기하듯 다정은 덤덤하게 말했다.

— 국어 선생님 되는 시험이요?

— 그래.

— 자신 있어요?

다정은 대답 없이 손에 쥔 휴대폰을 만지작거렸다. 해맑게 웃던 보리의 얼굴이 떠올랐다.

— 역설법과 반어법은 잘 가르칠 만큼.

— 샘.

잠시 말이 없던 한솔이 다시 다정을 불렀다.

— 아까 헤어질 때 다훈이 형이 제게 뭐라고 했는지 아세요?

— …….

— 우리 한솔이라고 했어요. 우리 한솔이.

반추하며 읊조리듯 한솔의 말끝이 낮게 떨어졌다.

— 네가 퍽 괜찮아 보였나 보지.

— 샘도 저보고 우리 한솔이라고 하잖아요.

다정은 통닭집에서 다훈이 우리 한솔이라고 불렀을 때 반색하던 한솔의 얼굴이 떠올랐다.

— 조용. 버스 안에서 길게 떠드는 거 아냐.

다정은 창 쪽으로 돌아앉으며 부러 엄격한 말투로 한솔의 말을 끊었다. 학원 드라마의 진부한 결말은 사양하고 싶었다. 기브 앤 테이크. 한솔의 말대로 그 정도가 좋다고 다정은 생각했다.

다훈은 가자미조림으로 밥 두 공기를 비웠다. 엄마가 먹기 좋게 식은 숭늉을 덜어주었고 셋은 티타임을 즐기듯 밀린 얘기를 나누며 숭늉을 마셨다. 다훈은 오랜만에 설거지를 자청했고 엄마는 다훈의 밀린 빨래 중 손빨래할 것들을 챙겨 욕실로 들어갔다. 다정은 미리 싸둔 캐리어 두 개를 이미 좁은 현관의 벽에 바짝 붙여놓고는 밖으로 나갔다.

아파트 뒤편으로 벤치가 놓인 작은 빈터가 있는데 그곳은 인근 주민들의 암묵적 흡연 구역이었다. 벤치는 등나무 지붕을 이고 있어 봄여름에는 나름의 운치도 있었다. 다정은 담배에 불을 붙이며 벤치 끝에 걸터앉았다. 내일부터는 다시 수험생으로 돌아가 고시원과 학원을 오가는 생활을 다음 시험일까지 반복해야 한다. 초시와 재수에 이은 삼수였고 다정은 이번이 마지막이라고 마음먹었다. 다훈과 다정이 번갈아 가며 돈을 벌고 공부를 한다 해도 한 집에 고시생이 둘이나 있는 건 부모에게 큰 부담이었다. 다정은 담뱃재를 털며 휴대폰에 붙은 보리 스티커를 보았다. 떨어지는 게 대수냐는 듯 보리는 환하게 웃고 있었다. 서울에 다녀온 후 곧바로 학원을 그만두었기에 한솔은 다시 보지 못했다.

인기척에 돌아보니 아버지가 아파트 외벽을 따라 팔자걸음으로 걸어오고 있었다. 노란 형광 조끼를 입고 양손에는 종량제 봉투와 큰 집게를 들었다. 근무시간을 넘긴 퇴근길에도 아버지는 집게로 작은 쓰레기와 담배꽁초를 주웠다. 중간중간 걸음을 멈추고 수풀과 블록 사이에서 뭔가를 집어내던 아버지가 다정을 보고는 손 대신 집게를 반갑게 흔들었다. 다정은 담배를 든 채 두 손을 몸 뒤로 숨겼다. 다정이 담배를 피운다는 걸 부모님도 알고 있었지만 보는 데서 피운 적은 없었기에 다정은 불량 청소년이 된 것 같은 묘한 기분이었다.

— 다훈이는 내려왔어?

다정이 손가락으로 집을 가리키자 아버지는 고개를 끄덕이며 다정이 뒤로 숨긴 손 쪽을 살폈다.

— 그냥 피워. 그러다 손 데겠어.

다정이 쭈뼛거리며 손을 앞으로 가져오자 매달려있던 담뱃재가 바닥으로 툭 떨어졌다. 다정은 상체를 숙여 바닥에 담배를 짓눌러 꺼버렸다. 벤치 근처에 있던 분유통 재떨이는 어디로 갔는지 보이지 않았다. 선 자리에서 이리저리 둘러봐도 마땅히 버릴 데가 보이지 않았다.

— 버려.

아버지가 집게로 바닥을 가리켰다. 다정은 말귀가 어두운 사람처럼 되묻듯이 아버지를 보았다.

— 그냥 버려.

다정은 이러지도 저러지도 못하고 선 채 여태 담배를 끊지 못한 스스로를 속으로 탓했다.

— 괜찮아.

— …….

— 괜찮대도. 버려.

아버지는 집게를 게 앞발처럼 붙였다 떼어 보인 후 바닥에 대고 가볍게 탁탁 쳤다.

— 아버지가 치워줄게.

다정이 꽁초를 세상 무겁게 든 채 서 있는 동안 아버지는 말없이 다정을 기다려주었다. 저무는 늦볕에 점점 길어지던 아버지와 다정의 그림자가 바닥에서 머리를 맞댔다.

— …… 죄송해요.

— 뭐가?

— 아버지도 안 피우는걸…….

— 나도 공사판 일할 때는 좀 피웠어. 사는 게 고단하니까. 핑계 대고 한숨 한 번 쉬는 거지.

아버지는 다정의 손에서 꽁초를 가져가 얼른 종량제 봉투에 담았다.

— 고단하겠지, 우리 다정이도.

천천히 오라는 듯 손을 가볍게 내젓고 아버지는 먼저 어둑해진 공터를 휘적휘적 빠져나갔다. 아버지의 실루엣이 흐릿해질수록 안전 조끼의 형광빛은 더 선명해졌다. 눈이 부신 것도 아닌데 다정은 그 빛을 견딜 수 없는 사람처럼 돌아섰다. 가로등이 아직 켜지지 않아 다행이라고 생각하며 다정은 손바닥으로 눈가를 훔쳤다.

다정이 한솔의 문자를 받은 건 두어 달 뒤였다. 학원에서 야간 수업을 마치고 고시원으로 돌아가는 밤이었다. 편의점 밖 파라솔에 앉아 컵라면이 익기를 기다리며 삼각김밥을 한 입 베어 무는데 메시지가 들어왔다.

— 샘! 〈꽁보리네 보리〉 실버 버튼 받았어요.^^

다정은 휴대폰 뒷면의 보리 스티커를 보았다. 테두리가 닳긴 했어도 여전히 보리가 혀를 빼고 웃는 모습은 그대로였다.

— 샘! 아직도 담배 피워요?

다정은 테이블 위의 담배를 주머니에 쓸어 넣었다.

— 끊었다.

다시 휴대폰이 울렸다. 갈기 없는 수사자 라이언이 다정을 향해 왕따봉을 거푸 날려주었다.

다정은 컵라면의 면발을 휘휘 저었다. 편의점 테이블은 고시생들로 빈자리가 없었다. 쫓기듯 먹는 고시생들의 모습이 거울 속 제 모습 같아서 다정은 속이 쓰렸다. 다정은 들고 있던 젓가락을 내려놓고는 손바닥으로 푸석한 얼굴을 쓰윽 훑어 내렸다. 속절없이 기분이 가라앉을 때는 별다른 방법이 없었다. 오르락내리락하는 마음의 변곡선을 따라 같이 출렁이며 스스로 상처

내지 않도록 하는 게 전부였다.

뜨거운 면발을 후후 불어 식히다가 다성은 문득 공갈 젖꼭지 나무를 떠올렸다. 그 아이가 궁금했다. 공갈 젖꼭지를 나무에 매달며 'Say good-bye'로 작별을 고하던 아이는 늦되지 않고 잘 자라고 있을까. 그 아이는 어쩌면 다정, 자신일지도 몰랐다. 다 커서까지 엄마 젖가슴을 더듬는 자신이, 어릴 적 그 공갈 젖꼭지를 찾아 나무에 걸어준다면 자신 또한 더는 늦되지 않고 나아갈 수 있을까. 다정은 궁금했다.

알람이 울렸다. 인강으로 복습까지 하려면 시간이 얼마 없었다. 십 분 내로 먹고 일어서야 했다. 다정은 면발을 입안으로 밀어 넣으며 다른 손으로 휴대폰을 열었다. 화면 상단에 섬네일이 걸려있었다. 고깔모자를 쓴 보리가 실버 버튼을 앞에 두고 웃고 있는 모습이었다. 다정은 이어폰을 끼고 재생 버튼을 눌렀다. 영상 속에서 보리는 여전히 행복해 보였다. 댓글 창에는 금방 올라온 한솔의 축하 글도 있었다. 다정은 한솔의 댓글에 대댓글을 쓰려다 그만두었다. 다시 메시지가 들어왔다.

— 샘. 구독과 좋아요, 부탁요.

이번엔 소심한 오리 튜브가 제 오리발을 손에 들고 빌고 있었다. 다정은 좀 신중해지기로 했다.

— 기브 앤 테이크. 국어 80.

부랴부랴 일어나 편의점 문을 열고 나가는데 휴대폰이 울렸다. 보지 않아도 한솔의 대답을 알 것 같아 다정은 휴대폰을 주머니에 집어넣고는 뛰듯이 걸었다. 느낌이 좋았다.

권정숙

권정숙

말이 궁해서 글을 썼다. 누군가는 글을 쓰면 말을 잘한다고 했는데 여전히 말보다 글이 편하다. 소설을 쓰기 전 동화도 썼고 수필도 썼다. 말을 잘하게 되면 글을 쓰지 말까 했는데 쉽지 않을 것 같다.

[작가 노트]

우연히 시작한 공부가 직업으로 연결되어
정민이 간절히 바라던 '9 to 6' 생활을 하고 있습니다.
주 5일, 아홉 시 출근, 여섯 시 퇴근.
알밤(출퇴근 체크기)의 노예가 된 지 석 달째입니다.

근무지가 숲이어서 좋고 동료들과의 수다도 나쁘지 않습니다.
적지 않은 나이에 시작한 일이니 수직관계든 수평관계든
무난히 잘해내리라 믿어 의심치 않았습니다.

웬걸요.
나이가 든다고 어른이 되는 것은 아니어서 생각만큼 쉽지는 않습니다.
젊은 동료가 거푸 잔심부름을 시킬 때면 스멀스멀 까시레기가 올라오고,
근무 여건이 불편할 때마다 개선해달라 당당하게 요구하지 못하는 위선도 경험합니다.
그런 날이 반복될 때마다 그만둘까, 그냥 할까, 머릿속이 복잡해집니다.
푸른 하늘과 청량한 공기가 있는 숲에서 말입니다.

젊은 직장인들의 고민을 그려보고 싶었습니다.
이 땅의 모든 정민에게 위로가 되고 공감을 얻는 일이었으면 좋겠습니다.
어디에서든 씩씩하게 버티는 우리들의 정민에게 응원한다 말하고 싶습니다.

굿모닝
손 대리

ㄴ

고 팀장이 턱으로 부장 방을 가리키며 말했다.

“손 대리 못 붙잡으면 나도 사표 내라는데.”

정민을 올려다보는 고 팀장 얼굴이 꺼칠했다. 고 팀장의 책상 모서리만 쳐다보고 있는 정민도 마찬가지였다. 지난밤 서울역에서 마지막 기차를 타고 내려와 잠시 눈만 붙이고 출근한 터였다.

“우리 회사에서 손 대리만큼 예산을 다룰 수 있는 사람은 없어. 손 대리 그거 알지?”

고 팀장의 말끝이 한껏 올라갔다. 정민은 눈을 지긋이 감았다 떴다. 오 년 전 그날, 고 팀장은 냉면 가닥을 높이 들어 올렸다.

신입사원 연수 후 첫 번째 회식 때였다. 정민이 방으로 들어서자 먼저 자리에 앉아있던 고 팀장이 손짓을 하며 정민을 불렀다. 저어기, 손정민 씨, 이리이리 이쪽으로 와. 내 옆에 앉지. 일행들을 따라 고 팀장의 반대편으로 들어가던 정민은 그냥 여기 앉겠습니다, 라며 고 팀장의 대각선 앞자리에 앉았다. 고 팀장의 왼쪽 입술이 실룩거렸다.

고기를 다 먹은 후였다. 먼저 나온 정민의 냉면을 보고 된장찌개를 시킨 옆자리 입사 동기 혜진이 입맛을 다셨다. 정민은 냉면을 덜어 얇게 저민 고기와 반 자른 달걀을 올린 후 혜진에게 건넸다. 고 팀장이 혜진의 냉면 그릇을 쏘아봤다. 혜진이 정민의 옆구리를 찔렀다. 정민은 혜진에게 준 것과 똑같이 만들어 고 팀장 앞에 놓았다. 앞에 놓인 냉면 그릇을 한참 보던 고 팀장은 냉면을 젓가락에 돌돌 감아올렸다. 입으로 들어갈 줄 알았던 냉면은 코를 지나 눈높이까지 올라가 멈췄다. 주위의 시선이 고 팀장의 정지된 냉면 가닥에 쏠렸다. 고 팀장은 들고 있던 냉면을 그릇에 도로 담아 정민의 냉면 그릇에 쏟아부었다. 정민은 젓가락을 든 채 멍하니 쳐다보았고, 쳐다보던 동기들은 곧 고개를 돌렸다. 잠시 후, 정적을 깨고 고 팀장이 입가에 미소를 띠며 말했다. IR 기업 주식 담당 하다 보면 갑질하는 서울 인간들 많거든. 기관투자자들과 미팅하다 보면 이런 식으로 당하기도 한다고. 일부러 경험하라고 한 거야. 모두 잘 봐두라고.

다음 날 정민은 기획실 IR 담당으로 발령받았다. 성빈의 직속 사수는 고 팀장이었다.

오 년이 흘러도 잊히지 않는 냉면 사건을 지우려 정민이 머리를 흔들자 고 팀장은 여전히 다감한 목소리로 말을 이었다.

"손 대리, 요즘 업무량이 좀 많지? 명섭 대리도 나가고 나도 좀 바쁘고 해서…… 혼자서 힘든 거 내가 다 알아."

오 년 내내 힘들었는데 오 년 만에 처음 듣는 말이다. 처음 IR을 담당하며 고 팀장과 일한 지 일주일째 되던 날이었다. 만 원 하던 주식이 어째서 오백 원이 됐냐며 소액주주들의 항의성 전화가 빗발쳤다. 업무 파악도 제대로 못 한 정민은 쩔쩔매며 수화기를 고 팀장 앞으로 내밀었다. 고 팀장은 손사래를 쳤다. 기관투자자도 아니고 그 정도는 담당이 알아서 하는 일이라며. 납득할 만한 답변을 하지 못한 정민은 일면식도 없는 사람들에게 종일 욕을 얻어먹었다. 그날 저녁 정민은 고 팀장에게도 욕을 먹었다. 적당히 둘러댈 줄 모른다고. 그것도 능력이라고. 육 개월 후 정민은 예산을 담당한 성희 선배가 출산휴가를 신청하자 기를 쓰고 그 자리를 지원해 자리를 옮겼다. 고 팀장은 몹시 못마땅해했다. 이듬해 봄, 인사 개편 때 고 팀장은 정민이 있는 예산팀으로 왔다.

"정민아, 집도 울산이고…… 동생도 같이 있지? 아니 대학 갔나? 참, 이직하는 거 서울 가는 거 부모님이 허락하신 거야?"

중언부언하는 고 팀장의 목소리는 점점 낮아졌다.

"……."

"암튼 마지막으로 다시 한번 붙잡는다, 손 대리. 내 삼고초려를 하는 심정으로……."

정민이 서울로 두 번째 면접을 보러 갈 때 한 번, 두 번째 면접을 보고 와서 한 번, 오늘 아침 정민이 사표를 낼 거라는 소문이 돌고 나서 지금이 세 번째 퇴사를 만류하는 것이다. 삼고초려가 맞긴 하다. 정민은 잘 생각해보라는 고 팀장의 말을 뒤로 하고 자리로 돌아왔다.

정민은 한 달 전, 배꼽 옆에 난 뾰루지가 화농을 일으켜 정밀 검사를 해야 한다는 핑계로 하루 휴가를 신청했다. 정민이 서울의 Q 방송사에 낸 이력서가 서류심사에 통과되고 보름 만이었다. 손정민 씨 사정을 봐서 최대한 미뤘고 금요일로 잡은 것도 지방에서 올라오는 걸 감안해서 특별히 봐주는 거랍니다, 라는 헤드헌터의 말에 정민도 더 이상 면접을 미룰 수 없었다. 뾰루지 때문에 휴가를 낸다는 말을 믿지 않는 표정들이었다. 고 팀장도 그랬고 동료들도 그랬다. 오 년째 거의 매일 야근을 하고 주말도 반납해가며 출근하는 정민도 지칠 대로 지쳐있었다. 거기다 꽁대—꼰대보다 더 꼰대—라 불리는 고 팀장에게 자주 깨졌다. 그때마다 써놓은 사표가 책상 서랍에 소복하다는 걸 모르는 동료는 없었다.

고 팀장은 하루 휴가를 허락해달라는 정민에게 한쪽 입꼬리를 올리며 비웃음 가득한 얼굴로 말했다. 뾰루지 때문에 서울 가는 거야? 아니면 부산? 정민은 못 알아듣는 척했고 고 팀장은 여전히 비아냥거렸다. 어디야? 물 좋고 정자 좋은 곳이 있는 모양이지? 정민은 양쪽 어금니를 지그시 깨물었다. 기획실은 회사의 브레인이야. 알아? 우리 회사의 모든 일을 기획하고 결정하는 곳이라고! 야근 좀 하는 거? 주말에 나오는 거? 그거 기획실 팀원이면 당연한 거 아니야? 라고 연일 야근으로 눈 밑이 까매진 정민에게 고 팀장이 던진 말의 억양도 그날과 비슷했다. 첫 면접을 보고 왔을 때 비아냥의 강도는 조금 더 올라갔다. 합격했어? 지방에서 서울 가는 거 쉬운 줄 알아요? 손정민 씨? 제 기분의 온도에 따라 말끝이 오르락내리락하고 호칭 또한 들쑥날쑥했다.

듣고 있는 정민의 마음도 고르지 못했다. 예산 담당 경력직 사원 모집이라 단독 면접인 줄 알았지만 정민과 비슷한 또래 다섯 명이 순차적으로 면접을 봤다. 두 시부터 시작된 면접은 삼십 분 간격으로 진행됐는데 정민만 한 시간 정도 면접을 봤다. 면접을 마치고 서울역에서 만난 헤드헌터가 임원 면접을 대비해 몇 가지 텍스트를 건네며 말했다. 자신의 경험상 정민이 합격할 것 같다며. 헤드헌터의 예상대로 1차 면접을 보고 온 지 일주일째 되는 날 합격 통지가 왔다. 정민은 반가움보다 걱정이 앞섰다. 뾰루지 하나로 한 번의 휴가는 가능했지만 마지막 한 번의 휴가는 퇴사를 담보해야 했다. 그즈음 정민 얼굴엔 사춘기에도 나지 않던 뾰루지가 콧등으로 올라왔다. 손거울을 보며 뾰루지를 만지는 정민에게 옆자리 동갑내기 희주가 톡을 보내왔다.

— 잘됐네. 다음 면접 땐 콧등 뾰루지를 검사해야 한다고 휴가 내지?ㅋㅋ

— 희주야 무슨 일을 해야 행복할까?

— ???????? ㅋㅋ

— 희주가 물음표 버튼을 얼마나 오래 눌렀는지 물음표의 개수를 셀 수가 없었다.

— 희주야 니가 부럽다.

— 오잉? 정규직 대리님! 먼 소리?

— 나인 투 식스ㅎ

기획실의 잡무를 보는 희주는 고등학교를 졸업하고 비정규직으로 들어와, 아홉 시에 출근해 여섯 시면 퇴근했다. 희주가 부러운 이유는 또 있었다. 선박회사를 퇴직한 후 아파트 경비를 하는 아버지와 요양보호사를 하는 어머니와 함께 희주는 줄곧 울산에서만 살았다. 근 십 년간 두세 군데 직장을 옮겨 다니며 적잖은 결혼자금도 모아두었고 이직의 틈새마다 긴 여행도 다녀왔다. 언니가 결혼한 후부터 부모님이 희주에게 너무 집착한다며 툴툴거리면서도 아버지가 좋아하는 호두빵을 자주 사 들고 갔다.

정민이 눈 딱 감고 두 번째 휴가를 반차로 신청하자 고 팀장이 예민해졌다. 화장실을 수도 없이 들락거리고 어디로 전화를 하는지 전화통을 붙들고 있었다. 직원들의 반응은 각각이었다.

서른이지? 지금 아니면 언제 움직여 보겠어. 결혼해서 애 딸리면 꼼짝 못 해. 넓은 세상으로 한번 나가봐. 기회가 오고 또 오는 건 아니야. 부럽다 정민 씨. 둘째를 낳고 두 달 전에 복직한 성희 선배가 점심을 먹으며 한 말이었다. 아니, 이제 고생할 거 다하고 승진도 했는데 뭐 하러 객지로 떠나? 새로 자리 잡기는 쉬운 줄 알아? 나 봐. 지난 삼 년간 죽는 줄 알았어. 그만둘까도 여러 번 생각했지. 오죽하면 내가 이렇게 찾아왔겠어. 그냥 같이 근무하자, 손 대리. 삼 년 전 경력직으로 입사한 홍 과장이 정민의 집 근처로 찾아와 한 말이었다. 딸린 식구 없을 때 한번 나가 봐. 서울이잖아. 햐 부럽다. 나도 결혼만 안 했으면

저 저 꼰대 새끼 확 엎어버리고 서울로 가는 건데. 올봄 인사 개편 때 기획실만 아니면 어느 부서라도 좋다고 총무과로 자리를 옮긴 박 과장이 전화로 한 말이었다.

정민은 속이 좋지 않아 점심을 먹지 않겠다 말하고 계단참으로 나가 엄마에게 전화를 걸었다. 통통 튀는 보이스톡 음이 울리자마자 가라앉은 엄마 목소리가 들렸다.

"정민아 내가 전화하려 했는데……."

"엄마 왜?"

"나 한국 들어가야 해. 금융거래위원횐가 어딘가 하는 데서 전화가 왔어."

기운 없는 목소리는 여전한데 오늘은 떨리기까지 했다. 정민은 그만 전화를 끊고 싶었다. 자신의 이직을 의논하지도 못하고 엄마의 고민을 들어줘야 할지도 모른다는 생각이 들었다.

"경찰서에도 가야 하나 봐."

전화기를 든 손에 힘이 풀렸다. 남의 말하듯 하는 엄마의 목소리는 점점 기어들고 와이파이가 잘 터지지 않는지 들렸다 안 들렸다 했다. "네트워크 연결 상태가 좋지 않습니다"란 문구가 전화기 상단 붉은 선 안에서 깜빡댔다. 정민은 보이스톡을 끄고 국제전화를 했다.

"그래, 돈을 줘야 소리가 깨끗하네. 역시 돈이 좋긴 좋다야."

할 막이 있었다는 걸 잊었는지 돈장사를 하는 엄마는 돈, 돈 하고 있었다.

"엄마 얼른 말해. 무슨 일이야?"

정민이 다그쳤다.

"정민아 어쩌면 좋으니. 글쎄 내가 보이스 피싱을 당했다."

"엄마가 무슨 돈이 있어 보이스 피싱을 당해?"

"그게 아니라 내가 환전을 해줬는데 돈만 가로채고 연락도 끊겼어."

엄마의 말 몇 마디로 자세한 내용은 알 수 없지만 돈을 떼였다는 말만은 확실했다. 얼마나? 라고 물으려다 말고 정민은 숨을 길게 내쉬며 천장으로 고개를 들었다. 출입문 위쪽에 파란 비상구 팻말이 눈에 들어왔다.

사업한답시고 몇 번이나 업종을 바꿔대던 정민 아버지가 결국 부도를 내고 도피한 곳은 중국의 칭다오였다. 뒤따라 들어간 정민 엄마는 치킨집을 하던 경험을 살려 통닭집을 차렸다. 장사가 잘되지 않았다. 정민 아버지는 정민 엄마에게 칭다오에 있는 한국인 소상인들을 상대로 환전을 해주고 수익을 챙기는 법을 가르쳤다. 밑천이 필요하다며 정민 남매가 사는 이십 년 된 작은 아파트를 팔아달라고 했다. 정민은 말릴 필요도 없다고 생각했다. 정민이 아는 한 그 일을 해낼 수 있는 엄마가 아니었다. 부도 이후 정민 엄마는 어려워진 형편보다 남들의 시선을 더 못 견뎌 했다. 골목으로 다녔고 슈퍼마켓도 밤에만 갔다. 한국보다 환경은 열악하지만 아는 사람이 없어 중국에서 사는 것이 편하다 했다. 깡이라고는 약에 쓸래도 없는 정민 엄마 순덕 여사가, 칭다오의 통닭가게에서 불법환전을 해가며 아버지와 함께 먹고 살았다. 정민은 정민보다 더 급한 엄마의 사정을 듣지 않을 수 없었다.

"돈만 손해 보면 되지 금감원은 뭐고 경찰서는 왜!"

정민의 말투에 짜증이 묻어났다. 겅중겅중 뛰는 엄마의 말은 잘 정리되지 않았고 정민 엄마가 조사받아야 한다는 건 분명했다.

"엄마 어쩌자고 그런 실수를 해. 엄마한테 지금 돈 이천만 원이 애들 이름이야? 지난번에 대출 낸 것도 아직 덜 갚았는데. 어떡할 거야 어떡할 거야, 엄마아아!"

정민은 회사라는 것도 잊고 큰소리로 퍼부어댔다. 띄엄띄엄 들려오던 엄마 목소리가 들리지 않았다. 엄마가 울고 있는 것 같았다. 정민은 목소리를 낮추고 엄마를 불렀다.

"엄마."

왕복항공권 값이 무섭다며 일 년에 한 번도 나오지 않던 엄마는 한국에 사드 배치가 확정되고부터 삼 개월에 한 번씩 한국으로 나왔다. 삼 개월마다 비자 연장을 해야 하기 때문이었다. 처음 한국에 나왔을 때 엄마는 정민 남매를 보기 위해 울산으로 왔다. 버스터미널로 마중 나간 정민은 엄마를 지나칠 뻔했다. 희끗희끗한 긴 머리카락은 정리되지 않은 채 부스스했고 유분기 없는 얼굴에는 검버섯이 돋아있었다. 광대뼈 아래 움푹 팬 볼은 전보다 더 꺼져있었다. 옷차림은 더 기가 막혔다. 통 큰 바지에 색 바랜 카디건은 보풀투성이였다. 아마도 가장 깨끗한 옷을 챙겨 입고 왔을 터였다. 정민은 주변을 두리번거렸다. 눈물이 그렁그렁한 엄마를 한 번 안는 척하고는 얼른 손을 잡아끌고 택시를 탔다. 정민이 자주 가는 옷 가게로 가려다 그다음 골목에 있는 옷 가게로 가서 겨울 바지와 패딩 재킷을 사 입혔다. 밖으로 나온 정민은 쇼윈도에 자기 모습을 비춰보며 어색한 미소를 짓는 엄마에게 냅다 쏘아붙였다. 엄마가 그랬잖아. 입성이라도 번듯해야 한다고. 그게 뭐야. 옷이라도 좀 깔끔하게 입고 다녀야지. 연변 아줌마보다 더……. 엄마의 얼굴에 옅은 웃음기가 사라졌다. 이후로 정민 엄마는 시간과 돈이 절약된다는 이유로 김해공항이 아니라 인천공항으로 입국해 여권에 도장만 찍고 그날로 출국했다.

"엄마 듣고 있어? 엄마 울지 말고 천천히 말해봐. 해결해야 할 거 아냐."

엄마는 전화를 끊었다. 여윳돈 없이 남의 나라에 가서 산 지 십 년이 넘었다. 아직도 단단해지지 않은 엄마가 정민은 못마땅했다.

울산에서 서울로 올라간 정민은 대학 사 년 동안 한 달에 한 번꼴로 코피를 쏟았다. 시험기간이 아니어도 자주 밤을 새우며 공부했다. 처음엔 기숙사에서 밀려나지 않기 위해서였고 학년이 올라갈수록 취업을 대비한 학점 높이기 차원이었다. 덕분에 사 년 동안 장학금을 놓치지 않았고 사 년 동안 기숙사에서 살았다. 부족한 학비와 용돈을 채우기 위해 시험기간 외에는 지하철역 입구에서 전단지도 나눠주고 외식업체에서 설거지도 했다. 틈틈이 학교에서 진행하는 해외 이벤트는 무조건 도전해 유럽도 다녀오고 동남아도 다녀왔다. 다행히 4학년 2학기 때 대기업 계열사에 취업해 울산으로 내려왔다. 고등학교에 다니는 동생과 함께 있으라는 엄마의 권유 때문이었다.

올봄 대리로 승진을 하고 돌아보니 근 십 년 동안 숨도 쉬지 않고 달려온 것 같았다. 쉬고 싶었고 날마다 날을 세우는 고 팀장 목소리도 더는 듣고 싶지 않았다. 이직이 아니라 사직이라도 하고 싶었다. 그럴 때마다 엄마는 청년실업 운운하며 배부른 소리라고 정민의 말을 일축했다. 야근이 아니라 밤을 꼬박 새우며 일을 시켜도 감사하게 일할 사람들이 줄을 서 있다며. 정민도 엄마 말을 부정하지 않았다. 굳이 이 나라까지 들먹이지 않아도 정민이 계속 뛰어야 할 이유는 이 집안에서도 차고 넘쳤다. 오래된 집을 팔아봐야 살 집을 얻고 나면 얼마 남지 않았다. 그동안 모은 돈과 약간의 대출을 낸 돈을 합쳐서 엄마의 환전 밑천으로 주었다. 대학 다니는 남동생 학비도 정민의 몫이었다.

정민은 엄마와의 통화를 마무리하지도 못한 채 기획실로 돌아왔다. 책상 위에 샌드위치 하나와 우유 한 통이 놓여있었다. '고민도 식후경!' 이라 적힌 포스트잇이 샌드위치 포장지에 붙어있었다. 희주였다. 정민은 샌드위치 대신 노트북 왼쪽에 놓여있는 마우스를 집었다. 오른손 손가락으로 클릭과 스크롤을 번갈아 했을 뿐인데 오른쪽 어깨가 따갑고 시렸다. 의사가 당분간 오른손을 쓰지 말라 했다. 왼손잡이냐는 소리를 들을 만큼 왼손이 익숙해지자 왼쪽 어깨가 아프기 시작했다. 정민은 왼쪽 어깨를 만지며 자신의 체온이 가장 많이 남아있을 마우스를 뒤집었다. 마우스 뒷면의 붉은빛을 보며 오 년 전 면접을 보러 왔을 때를 생각했다. 혀가 꼬여 제대로 답변을 못한 것 같아 면접을 마치고 나온 정민은 제 입술에 종주먹을 들이댔었다. 간절히 입사하고 싶었던 회사였다.

정민은 일주일 내로 보고해야 할 예산안이 깨알같이 박혀있을 노트북을 켜려다 말고 텅 빈 사무실을 둘러봤다. 석 달째 비어 있는 명섭 대리의 책상과 잡다한 것이 놓여있는 희주의 책상이 나란히 눈에 들어왔다. 퇴근 전까지 이것만 좀 해줘, 라며 금방이라도 명섭 대리가 부를 것 같고 저 꼰대 안 보고 점심 먹는 방법은? 이런 톡을 보낸 희주가 밥 먹으러 가자며 일어설 것 같다. 고개를 들었다. 태화강이 내다보이는 창가에 초겨울 햇살이 짧게 들어왔다. Q 방송사로부터 최종 합격 통지를 받은 지 이틀이 지났단 생각을 하며 고개를 돌렸다. 부장 방을 드나들 때마다 한 대씩 쥐어박던 고 팀장 책상 위의 돼지 인형이 꼬박꼬박 졸고 있는 듯 보였다.

중년의 고 팀장은 집 밖으로 나돌았다. 특별한 일이 없어도 회의를 핑계로 팀원들을 붙잡았고 걸핏하면 회식 자리를 만들었다. 오늘은 보고서도 마무리됐으니 회식이나 할까. 남자들은 언제나 오케이였고 여자들은 눈치 보기 일쑤였다. 특히 결혼한 여직원들은 빠져나갈 핑계를 찾느라 전전긍긍했다. 정민이 오케이맨 조 과장에게 물었다. 사모님 기다리지 않으세요? 집에 일찍 들어가면 뭐 해. 애나 봐줘야 하고 쓰레기나 버려줘야 하는데 뭐……. 애나? 정민은 입속으로 중얼거렸다. 당당하게 늦게 들어갈 수 있고 그리고 음, 저 꼰대한테 밉보여 좋을 건 없잖아. 딸린 식구가 둘이나 생겼으니. 결혼한 지 오 년 된 김 과장이었다. 바쁜 일 없이 야근하는 날은 진풍경이 벌어진다. 저녁만 먹고 남자 직원들은 오락실로 향한다. 한 판 땡기고 와서 일하면 능률이 오른다며. 저녁 먹고 노래방까지 가는 날이면 흥이 없는 정민은 머리에서 쥐가 났다. 음치인 정민이 삑사리를 내며 노래하면 요즘은 못하는 사람이 더 재밌어, 라며 고 팀장은 박장대소했다. 고 팀장이 노래할 때 정민은 탬버린을 쳐댔다. 마이크를 든 채 고 팀장은 정민의 어깨를 안으며 말했다. 뭐니 뭐니 해도 사수가 최고야. 사수인 나를 잘 모셔야 해. 어깨를 잡은 손이 허리 아래로 내려가곤 했다.

점심을 먹은 동료들이 하나둘 사무실로 들어왔다. 희주가 누런색 1호 봉투 하나를 정민에게 건넸다.

"뭐야?"

"선물!"

배시시 웃는 희주의 볼에 볼우물이 패였다.

"서울? 가라고?"

"서점에 잠깐 들렀어. 인생 선배는 무슨 말을 해줄까 싶어서. 책 제목이 확 땡기더라."

정민이 활짝 웃으며 봉투를 열었다. '서른이 심리학에게 묻다'라는 제목의 책이었다.

"심리학? 이딴 거 말고 행복학! 뭐 이런 거는 없디?"

"행복한 답이 있을 수도?"

희주는 말끝을 올리며 웃었다.

정민은 희주와 잡담을 하면서도 정민 대신 연봉 협상까지 끝낸 헤드헌터가 내일까지 입사 여부를 결정해달라는 말이 목을 조여 오는 것 같았다. 사실 합격하리란 확신도 없었다. 덜컥 합격 통지를 받고 보니 당황스러운 건 정민이었다. 여우를 피하면 호랑이를 만나고 여기서 이겨내지 못하면 어디서도 버티기 힘들다고. 모멸감을 경험할 때가 어른이 되어가는 시점이라고. 귓등으로 듣던 엄마의 말들이 정민 앞에 벽처럼 막아섰다.

정민이 단짝 희주에게도 말하지 못한 것이 있었다. Q 방송사의 최종 면접인 임원 면접을 볼 때였다. 실장부터 부장, 상무까지 차례로 압박 면접을 한 후 대표 면접만 남겨둔 때였다. 대표가 두 시간 뒤에나 온다며 인사팀 대리가 검은색 노트북을 회의실에 앉아있는 정민 앞에 놓았다. 정민은 시장기를 느꼈다. 뒤따라온 실장이 정민 씨 두 시간 동안 특별히 할 일 없으면 리포트 한 장 쓸래요? 주제는 2022년 방송 예능 트렌드에 관해서. 말을 마친 실장은 한 시간 이십 분 뒤에 온다며 회의실을 나갔다. 정민이 노트북을 열었다. 바탕회면에 있는 한글2016 아이콘을 더블클릭하자 점 하나 없는 하얀 화면이 펼쳐지고 검은색 일자 커서가 깜빡거렸다.

손가락만 올려놓은 채 이십 분이 지난 후 정민이 빠르게 자판을 두드렸다. 정확히 한 시간 이십 분 뒤에 실장이 돌아왔다. 정민이 쓴 리포트를 읽고 난 실장은 정색하며 정민 앞에 앉았다. 손정민 씨 콘텐츠가 뭐라고 생각합니까? 정민이 버벅대며 이 말 저 말을 했다. 말이 길어진다는 건 모른다는 거죠? 본인이 입고 있는 거, 먹는 거, 보는 거 다 콘텐츠예요. 한 가지 더 묻겠습니다. 사측과 사원은 뭐라고 생각합니까? 정민이 대답했다. 사측과 사원은 파트너 관계라고 생각합니다. 실장이 일어서며 말했다. 아니요, 손정민 씨 틀렸습니다. 갑을관계입니다. 회사는 갑이에요. 따라 해보세요. 정민이 따라 했다. 그러면 손정민 씨는 뭐? 정민이 일어서며 말했다. 을이요.

십구 층 창밖은 이미 저녁 어스름이 내리고 있었다. 오전 근무를 마치고 열두 시 기차로 올라와 점심도 거른 채 오후 내내 면접을 봤다. 정민의 구두 뒷굽 소리가 복도에 느릿느릿 울렸다. 화장실에 들러 청바지로 갈아입고 힐 대신 운동화를 신었다. 리포트를 쓸 때 대충 묶었던 머리를 풀며 정민이 승강기를 탔다. 승강기 문이 닫히자 거울을 보려던 정민의 눈에 포스터 두 장이 들어왔다. 요즘 나 같은 상사가 어디 있나? 라는 대화체 작은 글씨 아래, 꼰대가 꼰대인 줄 알면 꼰대겠니? 라는 큰 글씨가 적혀 있고 험악한 얼굴의 상사와 고개 숙인 사원이 마주 서 있었다.

'구독 인증하고 아이패드 프로 받자!' 라는 제목의 사내 이벤트 포스터였다. 오늘 또 그 꼰대 새끼한테 붙잡힐 뻔했잖아. 그러게 말이야. 그만큼 수정해서 사장 입맛에 딱 맞춰줬으면 됐지 뭘 더 바라? 주말에 결혼식인데……. 정민보다 먼저 탄 후줄근한 슈트 차림의 삼십 대 초반 남자 세 명이었다. 십구 층에서 일 층까지 내려가는 동안 그들은 줄곧 상사를 씹었다.

Q 방송사 건물을 빠져나온 정민은 발길을 멈추고 정문 앞에서 뒤돌아섰다. 고개를 들어 녹색 통유리로 외장을 장식한 위풍당당한 Q 방송사 건물을 올려다봤다. 도대체 몇 층이지? 정민은 두 차례나 들락거리면서 그것조차 몰랐다는 걸 알고 피식 웃음이 났다. 승강기 안에는 층수가 전혀 표시되어 있지 않았다. 신분증을 인식기에 대면 갈 수 있는 층만 나타나 승강기가 알아서 정지했다. 정민이 촌티를 낸다 싶어 고개를 내리자 정문 앞에 검은색 밴이 와서 섰다. 잠시 후 문이 열리고 검은색 빈티지 모자를 눌러 쓴 청바지 차림의 남자가 내렸다. 그 뒤를 백팩을 멘 덩치 큰 남자가 따라 내렸다. 어머, 박수홍 박수홍이야. 강호동 강호동! 지나가던 여고생 두 명이 호들갑을 떨지 않았으면 정민은 그들이 텔레비전 화면에서 보던 연예인이란 걸 일지 못했을 것이다. 정민은 다시 한번 그들을 쳐다보았고 방송사 건물을 나오는 대다수의 사람들은 무심히 지나쳐갔다. 그제야 정민이 보

고 싶었던 유명 앵커는 한 번도 보지 못했단 생각이 문득 들었다.

퇴근한 정민이 엄마에게 전화를 걸었다. 보이스톡 신호음이 한참 울려도 받지 않았다. 정민이 전화를 끊으려는데 풀기 없는 엄마 목소리가 들렸다. 금감원과 경찰서에는 언제 갈 거냐고 물었다. 다녀왔다고 했다. 정민은 전화기를 든 손을 내려놓았다가 다시 들었다. 책을 읽듯 엄마가 말을 이었다. 벌금만 내면 된대. 감옥은 안 가도 된대. 니 아버지가 천만다행이래. 그런데 벌금 낼 돈은 없대. 너한테 전화해보래. 이달 말까지 내야 한대. 엄마의 말허리를 치고 일반전화가 걸려 왔다. 고 팀장이었다. 집 앞에 와있다고 했다.

미끄럼틀 계단에 앉은 고 팀장이 구둣발로 낙엽을 그러모았다가 밀치고 또다시 그러모으곤 했다.

"정민아, 좀 생각해봤니?"

"놀이터에 아이들이 없네요."

정민이 한쪽이 기울여진 시소를 보며 말했다.

"아니, 어떡할 거냐고. 설마 서울 갈 거는 아니지?"

"…… 저녁이라 모두 집으로 갔나 봐요. 애들이."

정민을 물끄러미 쳐다보던 고 팀장이 지그시 눈을 감았다가 떴다.

"나보다 손 대리가 먼저 떠날 줄 몰랐어. 정말이야."

정민이 고 팀장 쪽으로 고개를 돌렸다.

"손 대리 낙하산 아니었어? H사 손 이사님이 삼……."

정민의 눈이 커지고 고 팀장은 입을 다물었다. 정민은 조심히 가시라 말하고 돌아섰다. 고 팀장이 일어서며 정민을 불렀다.

입사 직후 기획실로 발령받은 정민을 입사 동기들이 부러워했다. 몇 개월 뒤 희주가 알려주었다. 그룹 모회사의 실세가 정민 삼촌이라는 말이 돌았다고. 말을 마친 희주가 정민의 얼굴을 뚫어지게 쳐다보았던 일을 정민은 기억해냈다.

집으로 들어온 정민은 전화기의 메시지를 확인했다.

— 정민아 하루밖에 남지 않았네.

희주의 톡은 길게 이어졌다.

— 손정민 머리에 모래 구르는 소리 들린다ㅋ 어떻게 할 거야? 최종 면접 보고 온 거 다 아는데 합격한 줄도 아는데 이제 와서 주저앉는 것도 그렇고. 니 꼰대 사수가 지금은 납작 엎드렸지만 니가 눌러앉으면ㅠㅠ 후폭풍 또한 만만찮을 텐디.

사수? 死守? 정민은 곱씹었다.

다음 날 정민은 다른 날보다 일찍 출근했다. 고 팀장은 자리에 없었다. 정민은 커피를 뽑아 들고 창가로 갔다. 강변 갈대숲에 새들이 날아오르고 강을 뚫지 못한 햇빛 바늘들이 물 위로 튕겨 나온다. 피식 웃음이 났다. 강물은 언제나 유유히 흐른다는 평범한 말이 새삼 떠올랐다. 이어, 유유하다는 말은 왠지 꼰대스럽게 여겨졌다. 다른 단어를 찾아보았지만 떠오르지 않았고 그 사이로 입사 초 고 팀장이 했던 말이 튀어 올랐다. 사내에서 일어나는 모든 고민은 사수인 자신과 의논하라던.

"굿모닝 손 대리!"

부장 목소리였다. 돌아선 정민이 어설프게 인사를 했다.

"손 대리 눈이 왜 그렇게 빨개. 고 팀장이 암말 안 해?"

정민이 대답 대신 김이 올라오는 커피 잔을 들여다보며 소리 없이 웃었다. 안경알이 뿌예졌다. 충혈된 눈을 가리려 모처럼 쓴 안경이 시야를 가린다.

"수단 방법 가리지 말라 했는데…… 손 대리 못 잡으면 고 팀장 골로 보낸……."

말끝을 맺지 못한 부장이 정민 가까이 다가섰다. 정민의 귀에다 손을 가리며 말했다.

"내년 봄에 다른 부서로 옮기자, 손 대리!"

부장이 손을 들어 보이며 지나갔다. 셀 수도 있을 것 같은 듬성듬성한 부장의 뒷머리를 멍하니 보고 있던 정민이 자리로 돌아왔다. 안경을 벗고 식은 커피를 마셨다. 정민의 전화기가 진동했다. 헤드헌터였다.

김 강

김 강

소설집 『우리 언젠가 화성에 가겠지만』(2020, 아시아, 아르코 문학나눔 권장도서), 『소비노동조합』(2021, 아시아)을 썼고, 앤솔러지 『여행시절』(2021, 아시아), 『당신의 가장 중심』(2021, 리잼) 등을 함께 썼다. 2017년 단편소설 「우리 아빠」로 심훈문학상 소설 부문 대상을 수상했다.
chloro@hanmail.net

[작가 노트]

멧비둘기 두 마리가 우리 집 마당에 내려앉아 내가 뿌린 새 모이를 쪼아 먹던 중이었다. 갈색 줄무늬 고양이는 모란 잎사귀들 사이에 숨어있다 멧비둘기를 덮쳤다. 날카로운 비명도 바닥을 긁는 그르렁도 없었다. 펄럭이는 모란 잎사귀와 남천 가지에 부딪힌 날갯짓과 가슴팍 깊숙한 곳 내 심장이 만들어낸 소리가 오후 잠깐의 시간을 채우고 넘쳤다. 고양이는 멧비둘기 한 마리의 목을 물고 단풍나무와 느티나무 사이를 지나 철쭉 덤불 속으로 들어갔다. 녀석은 덤불 속으로 들어가기 전 걸음을 멈추고 고개를 돌려 나를 보았다.

맹세하건대 그날 내가 새 모이를 뿌린 것은 고양이를 위해서가 아니다.

선한 의도였잖아, 너는 잘못이 없어, 그게 자연의 섭리인 것을.
스스로를 다독였지만 답할 수 없는 질문과 말들이 욕지기처럼 올라왔다.
선한 의도든 악한 의도든 마지막 장면은 똑같아. 네가 만든 것이지 않아? 그 속에 있지 않았니?

묻는다.
우리는 마지막 장면을 바꿀 수 있는가?

*사족. 현실 속 앞집 아저씨는 아무 잘못이 없다. 비난하지 말라.

검은 고양이는
어떻게
되었나

윤기가 흐르는 잿빛 깃털을 가진 멧비둘기 두 마리가 앞집 정원에 내려앉았다. 짙은 고동색의 꼬리를 살짝 들고 목을 아래로 빼내 마른 잔디들 사이 뭔가를 쪼았다. 두 녀석은 가끔 몸을 비비듯 스치며 걷기도 했다. 연인 사인가? 어느 쪽이 수컷이고 암컷인가? 녀석들에게 공연한 질문이라도 해볼까? 아주 잠깐 고민했지만 곧 고개를 저었다. 요즘 같은 세상에 성별이 뭐 중요할까, 연인이면 되었지. 중요하지도 않았고. 대답할 리 없는 녀석들이기도 했다.

못 보던 놈들이었다. 앞집 지붕 태양전지 패널에 앉아 까악 거리다 날아가는 까마귀나 스트로부스잣나무 가지에 앉아 고개를 뺐다 넣었다 좌우로 돌리며 울어대는 까치였다면 별 신경을 쓰지 않았을 것이다. 이 동네로 이사 온 후 일 년 동안 한 번도 본 적 없는 멧비둘기였다. 정원을 가진 집들이 모여있고 뒤로는 산이 있으니 멧비둘기가 오는 것이 이상한 일은 아니다. 다만 내가 처음 본다는 것.

담배를 피우러 나가려던 참이었다. 의자에 걸쳐놓았던 점퍼를 입으며 거실 창 앞에 섰다. 푸르스름한, 구름 한 점 없는 하늘. 점심나절에 잠시 내렸던 진눈깨비, 그것으로 끝이겠군. 오늘 저녁에도 화성을 볼 수 있겠는데.

늦은 저녁 처마 밑에 서서 올려다보면 붉은 별이 항상 머리 위에 있었다. 언젠가부터 달 대신 붉은 별에 말을 걸었고 구름이 가득한 날이면 붉은 별을 찾아 동네를 서성였다. 누군가 자신이 죽을 때가 되면 토성에서 우주선이 올 것이라고 말했었다. 나는? 나는 아마도 화성에 갈 터였다.

점퍼 주머니를 더듬었다. 담뱃갑과 라이터가 있는 것을 확인했고 현관 쪽으로 돌아서다 멧비둘기 한 쌍을 보았다. 지금 문을 열고 나가면 녀석들이 날아가겠는데. 녀석들의 식사 시간 혹은 밀회의 시간을 방해하고 싶지 않았다. 녀석들이 다른 곳으로 갈 때까지는 참아야겠어. 조금 있다 피우지 뭐.

*

담배. 한 달 전 나는 십 년 만에 다시 담배를 피우기 시작했다. 그날 나는 문득 과자가 먹고 싶어져 편의점에 다녀왔다. 집으로 돌아와 가족들에게 과자를 나눠주었다. 큰아이에게는 콘칩, 작은아이에게는 뿌셔뿌셔를 주었고 아이들의 엄마에게는 새우깡을 건넸다. 나는 감자깡을. 여기저기서 부스럭거리는, 아니 바삭거리는 소리가 집 안을 가득 채웠다. 평온한 저녁이었고, 가슴이 따듯해진 나는 행복했다. 거실 테이블에 놓여있던 책을 집으려다 스마트폰을 켰다. 카톡과 뉴스, 메일을 살피고 문자함을 열었다. 읽지도 않을 문자들을 지우다 전날 새벽에 수신된 문자 한 가지만 남겼다. 목이 마르지 않는지 아이들에게 물었고 나는 다시 편의점으로 갔다. 사이다와 레모네이드를 샀고 계산하던 중 담배 한 갑과 라이터를 추가했다.

십 년 만에 들어온 연기는 머릿속을 가득 채웠다. 다리에 힘이 빠져 쓰러질 뻔했고 헛구역질을 몇 번 했다. 편의점 앞 벤치에 앉아 맥주를 마시던 사람들 중 몇몇이 수군거렸다. 포메라니안 한 마리를 데리고 오던 남자는 편의점 처마 기둥에 강아지 줄을 묶고 들어가며 나를 힐끔 보았다. 줄을 자른 뒤 포메라니안을 안아 들고 도망가는 데 얼마나 걸릴까 하는 생각을 하다 애들 엄마가 강아지를 좋아하지 않는다는 것, 강아지를 키우려 해본 적 없다는 것, 그리고 말이 안 된다는 사실을 떠올렸다. 다시 편의점으로 들어가 초코우유를 사서 입을 헹궜다. 겉옷을 벗어 서너 번 연기를 털어낸 후 집으로 돌아왔다.

앞집과 우리 집은 정원을 맞대고 있다. 사이에 작은 담장이 있기는 하지만 구분하려고 그어놓은 선 정도에 불과했다. 거실의 창을 통해 앞집의 정원이 훤히 보였다. 두 집의 첫 주인들은 무척 친한 사이였을지도 모른다. 아니면, 땅의 모양이나 그런 것 때문에 어쩔 수 없이 선택한 구조이거나. 두 집 모두 주인이 바뀐 후 담장을 따라 철쭉, 영산홍 같은 관목을 심고 군데군데 괴상한 모양의 바위를 가져다 놓았다. 하지만 마음의 위안일 뿐 서로를 가리지는 못했다. 그리고 지난 늦여름 내가 이사를 왔다.

앞집 정원의 국화가 피고 지는 것, 로즈메리의 흰 꽃이 누렇게 떡이 되는 것, 잔디가 말라가는 것을 보며 가을을 보냈다. 그 가을 초입에 앞집 사내와 인사를 했다.

사내는 정원의 한가운데 쪼그리고 앉아 흰 플라스틱 그릇 두 개에 작은 알갱이들을 부어 담고 있었다. 집 옆 시유지에 심긴 나무에 대해 핸드폰으로 검색하다 나무의 이름이 스트로부스잣나무라는 것, 스트로부스잣나무의 열매는 먹지 않는다는 것 따위를 읽고 있던 나는 이 기회에 인사나 나누어야겠다 싶어 현관문을 열고 나갔다. 두 개의 그릇에 쌓인 알갱이들을 손으로 평평하게 만든 뒤 사내가 일어섰다.

— 안녕하세요.

사내는 움찔하며 한 걸음 뒤로 물러섰고 한껏 입가를 올려 웃고 있는 나를 보았다.

— 네, 안녕하세요.

— 얼마 전 이사 온 사람입니다. 인사가 늦었습니다. 잘 부탁드리겠습니다.

— 아, 네에.

사내는 나를 아래위로 살피다 묵례를 한 뒤 담장 끝 수돗가로 갔다. 노란 그릇에 물을 담아 흰 그릇 두 개 사이에 놓았다.

바로 걸음을 돌려 들어오기에는 조금 멋쩍었다. 한두 마디 혹은 서너 마디. 다음에 차라도 한잔하시지요, 그러지요, 언제든 환영입니다, 같은 대화가 이어지거나 혹은 몇 주째 비가 내리지 않아 매일같이 잔디에 물을 주는 것이 힘든 일이라는 것, 그 힘든 것을 애들 엄마들이 잘 알아주지 않는다는 등의 이야기라도 하고 인사를 마쳐야 한다는 강박이 있었다.

— 뭔가요? 강아지들 밥입니까?

— 아니, 뭐. 고양이들도 먹고 강아지들이 먹기도 하고.

— 아, 고양이도 키우십니까? 강아지도 키우시고?

— 그럼 저는 이만.

사내는 바쁜 일이 있는 듯 집으로 들어갔다. 이상한 사람일세, 많이 바쁜가? 나는 한동안 사내의 집 현관문을 보다 집으로 들어왔다. 그리고 거실 창으로 사내의 정원에 놓인 흰 그릇, 노란 그릇을 살폈다.

고양이들이 왔다. 갈색 줄무늬를 가진 녀석과 검은 몸통에 흰 발목을 가진 녀석. 가끔 우리 집 정원을 가로질러 지나가던 고양이들이었다. 애들 엄마와 나는 거실 안에 있으면서도 숨어있는 듯 숨을 죽이며 보았었다. 고양이들이 지나가고 나면 큰 숨을 내쉰 후 둘이서 이야기를 나누곤 했다. 길고양이인가? 그렇겠지? 그런데 덩치가 저렇게 커? 그러게. 얼굴도 이상한데. 삵인가? 삵? 왜 있잖아. 중학교 국어 교과서에 나오던 삵 말이야. 자기, 삵 본 적 있어? 아니. 그런데 어떻게 알아? 그냥. 왠지 저런 얼굴일 것 같아. 피이, 자긴 항상 그런 식이지. 어쨌건 우리가 아는 고양이하고는 조금 다르잖아. 그건 그래. 삵이랑 고양이랑 섞인 건가? 야생의 세계는 모르는 거니까. 녀석들은 제집처럼 드나들었고 녀석들을 볼 때마다 우리는 비슷한 이야기를 나눴었다.

사내와 인사를 나눈 날 저녁, 퇴근한 애들 엄마가 건넨 장바구니를 식탁 위에 가져다 놓고 그녀의 손을 잡고 거실 창 앞으로 왔다.

— 고양이들 말이야, 여기 앞을 지나가던 고양이들.

— 왜? 또 지나갔어? 한두 번도 아닌데 새삼스레.

— 그게 아니고, 녀석들이 어디서 먹이를 구해 먹고 저렇게 살이 쪘나 궁금했잖아. 드디어 알아냈어.

— 그래? 어딘데?

— 바로 앞집. 앞집 사람이 밥을 주고 있더라고. 말로는 강아지도 먹고 고양이도 먹고 그런다고 하던데, 강아지는 없는 것 같고 고양이가 먹는 것은 확실해. 내가 봤어.

— 좋은 일 하시네.

애들 엄마는 거실 커튼을 친 후 가방을 들고 안방으로 들어갔다. 나는 식탁에 두었던 장바구니에서 포장된 반찬들을 꺼냈고 찬장에서 그릇을 가져와 반찬들을 담았다. 옷을 갈아입고 나온 애들 엄마가 물었다.

— 그러면 앞집 사람이랑 인사를 한 거야?

— 그런 셈이지. 남자.

— 아줌마는 사근사근하던데, 남자는 어때?

— 잘 모르겠어. 몇 마디 안 했어. 바쁜 일이 있는지 금방 들어가 버리더라고.

— 그러면 그 이야기가 앞집 남자를 두고 한 건가?

— 무슨 말이야? 뜬금없이.

— 주민 밴드에 올라온 글이 있더라고. 댓글이 많이 달린. 자기도 밴드 좀 들어가 봐. 따지고 보면 하루 중 이 집에서 제일 오래 지내는 사람이잖아.

우리가 이사 오기 전 주민 밴드에 올라온 글이었다. 길고양이에게 먹을 것을 주지 말라는 내용이었는데 밑으로 달린 댓글이 많았다. 대부분 글의 내용에 동의하는 것들이었지만 중간에 한 번씩 고양이들이 불쌍하다는 댓글이 있고 그 아래로 다시 동네 전체를 위해서 참으시라는 댓글, 그렇게 불쌍하면 집에 들여놓고 키우라는 댓글, 동사무소에 민원을 넣었다는 댓글 등이 달려 있었다.

— 자기는 어떻게 생각해?

애들 엄마가 물었다.

— 나는 뭐, 아무 생각이 없는데? 먹이 주고 싶은 사람은 주는 거지. 막을 수 있나? 그건 그렇고, 오늘 P에게서 전화가 왔었어.

— P? 우리 결혼식 사회 봤던 P?

— 응, 맞아. 근 십 년 만에 연락이 왔어. 내가 좀 무심하긴 했지.

— 서로가 무심한 거지. 무슨 일인데?

— 돈을 빌려달라 하더라고.

P와는 중학교, 고등학교를 같이 다녔다. 초등학교는 달랐지만 같은 동네에 살았으니 어린 시절, 청소년 시절을 함께 보낸 셈이다. P는 말주변이 좋고 사람들을 휘어잡는 능력이 뛰어나 줄곧 반장, 회장을 도맡았다. 총각이었던 P에게 결혼식 사회를 부탁한 것도 그런 이유가 컸다. 그즈음 보험회사에 다니고 있었다. 결혼 후 일 년쯤 지났을 무렵 P가 찾아왔다. 퇴근 시간에 맞춰 회사로 와 저녁을 사겠다고 했다. 저녁을 먹으며 소소한 이야기들을 나누던 끝에 P가 보험 가입을 권유했다. 당시 유행하던 변액보험과 종신보험이었다. 보험이 내게 줄 이점을 열심히 설명하던 P의 말을 끊고 내가 말했다. 지금 내 형편이 그렇게 좋지 못해. 와이프는 아직 학생이라 학비를 대야 하고, 이제 막 태어난 애 밑으로도 돈이 제법 많이 들어간다. 너는 아직 결혼 전이라 잘 모를 수도 있는데 가정을 유지한다는 것이 만만치 않더라. 미안하다. 지금 나는 내 미래가 아니라 현재가 더 큰 문제다. 이해 좀 해주라. 대신 애 앞으로 적당한 보험 하나 알아봐 줘, 애들은 자주 아프니까 도움이 될 것 같다. 정말 미안하다.

실망한 P와 미안한 나는 말을 더 잇지 못했다. 우리는 자리에서 일어섰다. 그날 계산은 내가 했다. 며칠 후 P가 아이 앞으로 된 보험 계약서를 가지고 왔고 나는 아파트 지하 주차장 차 안에서 사인을 했다. 몇 년 후 계약 담당 설계사가 바뀌었다는 말을 문자로 통보받았다. P로부터는 연락이 없었고 이후로도 우리는 서로 연락하지 않았다. 녀석의 소식을 간간이 듣기는 했다. IT 버블이 터지면서 주식투자에 실패해 힘들어한다는 이야기, 다른 동기의 사업에 투자했다가 일이 잘못되어 동기들 간에 소송이 붙었다는 이야기 등이었다. 그사이 나는 다른 지역으로 이사를 했고 동기들 모임에 나가지 못했고 녀석과도 마주치지 않았다. 힘든 삶을 견뎌내야 하는 시기였다. 나도 P도. 그 P에게서 전화가 왔다.

— 그래서? 자기는 뭐라 했는데?

— 당연히, 당연히 안 된다고 했지.

— P가 하는 이야기를 다 들어줬고?

— 아니, 바쁘다고 바로 끊었지.

제법 오래 통화를 했다. P는 애들 엄마와 아이들에 대해 물었다. 다른 동기들을 통해 내 이야기를 전해 들었다며 직장은 어떤지 지금 사는 곳은 살기에 좋은지 궁금해했다. 다락방에 모여 앉아 카드놀이를 하던 지난 시절을 이야기하며 아버지와 어머니의 안부를 묻기도 했다. 나도 P에게 뭔가 물어야겠다 생각했지만 딱히 떠오르는 것이 없었다. 이미 들어 알고 있는 것들을 녀석에게 확인받는 듯 보이고 싶지 않았다. 기껏 생각해낸다는 것이 수재 소리를 들었던 녀석의 형 근황을 묻는 정도였다. 오랜만의 대화치고는 소재가 금방 떨어졌고 전화기 사이로 약간의 침묵이 흘렀다. 헛기침을 두어 번 하던 녀석이 입을 열었다. 너, 요즘 형편이 좋다며? 애들이 그러더라. 집도 큰 곳으로 이사했고 하던 일도 잘되고, 제수씨도 전문직이라 수입이 좋다 하더라. 솔직히 말할게. 돈 좀 빌려줘라. 일 년 안에 갚을게.

아파트 갭투자를 하는 중이라 했다. 내가 묻지 않았는데 녀석이 말을 이었다. 많이 가진 것도 아니야. 열 개도 안 돼. 나는 피라미지. 이 시발 것들이 세금은 올리면서 대출은 막아버리고 은행 이자는 올라가고. 전세 들어와 있던 사람들은 계약 끝나고 나가겠다는데 집이 팔려야 말이지. 작년까지는 딱 좋았는데 말이다. 이번에 싹 팔고 정리해서 큰 걸로 옮겨 타려고 했는데, 시발. 이것들이 서로 짰는지 한꺼번에 나가겠다고 하네. 배 째라 하고 싶은데 정말로 배를 쨀 것 같고 해서 말이다. 좀, 도와주라. 친구야.

미안하다. 이번에도 나는 미안하다를 반복했다. 네가 말했다시피 조금 큰 집으로 이사를 했잖아. 그래서 여윳돈이 없다. 미안하다. 매번 내가 이러네. 이해해주라. 녀석은 한숨을 몇 번 쉬었다. 그래, 알았다. 잘 살아라. 그러고는 전화를 끊었다.

— 결국 터졌어.

가을이 끝나갈 무렵이었다. 식탁에 앉아 핸드폰을 살피던 애들 엄마가 혼잣말하듯 말했다.

— 뭐가?

커피를 내리던 내가 물었다. 애들 엄마는 핸드폰을 가지고 와 화면을 보여주었다. 몇몇 주민이 앞집에 찾아가 항의를 했다. 길고양이에게 밥을 주지 말라고. 앞집에서는 내 땅에서 내가 주는 것인데 무엇이 문제냐고 대답했고 서로 언성을 높이다 경찰이 왔고 결국 통장이 중재를 했다. 글에서는 중재라고 했지만 내용인즉 앞집의 일방적인 패배였다. 동사무소든 구청이든 이야기해서 동네의 길고양이들을 포획하기로 했고, 앞집은 더 이상 고양이들에게 밥을 주지 않기로 했다. 앞집 사내는 알았어, 알았다고. 고함을 뱉어냈다. 그러고는 대문을 닫고 집으로 들어갔다. 한동안 대문이 흔들렸다고 그 자리에 있었던 주민 한 명이 댓글을 달았다.

*

이후로 앞집 정원에서 흰 그릇, 노란 그릇 어느 것도 보지 못했다. 여전히 고양이들은 우리 집 정원을 가로질러 다녔다. 크고 살찐 모습 그대로. 이후 나는 앞집 정원을 들여다보지 않았다. 굳이 봐야 할 이유도 없었고 앞집 사람들과 마주치고 싶지 않았다. 그러다 오늘 멧비둘기를 보았다.

멧비둘기들은 살이 올라 제법 통통했다. 녀석들의 눈은 밤하늘에서 살피던 화성보다 붉었다. 겨울, 늦은 오후, 바람 한 점 없어 나뭇가지들도 그대로, 부풀어 오른 매화 망울마저 그대로 멈춰버린 장면 속에 멧비둘기들만이 살아 움직였다. 지금 당신이 보고 있는 것은 그림이나 사진이 아니야, 라고 말해주는 듯했다. 그러던 중이었다.

멧비둘기 녀석들이 언제쯤 가려나. 주머니 속의 라이터를 손으로 만지작거리던 내 시야 한쪽에서 뭔가가 움직였다. 고개를 돌렸다. 고양이었다. 우리 집 정원 담 한구석에 갈색 줄무늬를 가진 녀석이 잔뜩 몸을 낮춰 멧비둘기를 보고 있었다. 나는 라이터를 만지던 손을 주머니에서 빼내 가슴팍으로 가지고 왔다. 손바닥을 펴고 가슴을 지그시 눌렀다. 쿵쾅거리는 심장을 달래려 했지만 소용없었다. 갈색 줄무늬는 아주 조금씩 담을 따라 걷다 멈추고 걷다 멈추고를 반복했다. 갈색의 파도처럼 물결치며 우리 집 정원을 가로지르던 그 모습이 아니었다. 무늬의 흔들림이 보이지 않았다. 사진들을 이어 동영상을 만들듯 갈색 줄무늬는 담을 배경으로 조금씩 앞으로 나아갔다. 소나무 잎 하나 흔들리지 않아 바람 한 점 없다 느꼈었는데, 갈색 줄무늬의 수염이 흔들리는 것을 보고서야 정원에 불고 있는 약한 바람을 알았다. 갈색 줄무늬는 바람을 정면으로 두고 걸었다. 바람 속 녀석의 털 한 올 한 올은 세상의 모든 신호를 탐지하는 안테나 같았다.

멧비둘기들과 갈색 줄무늬 그리고 내가 거의 일직선상에 놓였다. 갈색 줄무늬는 고개를 들어 멧비둘기들을 살폈다. 그러고는 몸을 한껏 움츠려 둥글게 말았다. 창을 두드려 멧비둘기들에게 신호를 주어야 하나 잠깐 고민을 했다. 하지만 그러지 못했다. 입속에 침이 고였지만 삼키지 못했다. 무언가가 내 손과 팔을 잡고 놓아주지 않는 듯했다. 아무것도 할 수 없었다.

갈색 줄무늬가 튀어 올랐다. 담을 뛰어넘은 갈색 줄무늬는 한 발, 두 발, 세 번째 걸음에서 땅을 디디고 공중으로 뛰며 두 앞발을 길게 뻗었다. 곧추세운 긴 발톱이 겨울 햇빛을 받아 차갑게 반짝였다.

한 달 전, 십 년 만에 담배를 다시 피우기 하루 전 새벽, 고등학교 동창회에서 문자가 왔다. 알림 설정을 무음으로 해둔 탓에 다음 날 저녁이 되어서야 문자를 확인했다.

"부고 알림, 11회 졸업생 P 본인 상. 발인: ○월 ○일, 빈소:

○○대학병원 장례식장, 삼가 고인의 명복을 빕니다."

문자를 본 나는 아이들에게 목이 마른지 물었고 편의점으로 가 담배와 라이터를 샀다. 길게 한 모금 연기를 빨아당기고 문자를 다시 보았다.

"P 본인 상"

K에게 전화를 걸었다.

— 이게 무슨 말이야?

— 이제 봤나? 그러게 말이다.

— 사고야? 어디 몸이 안 좋았어?

— 아이다. 목을 맸단다. 자기 방 문고리에 넥타이를 감았단다.

— 방 문고리가 얼마나 높기에? 거기서 목을 매는 게 가능해?

— 그게, 죽겠다는 의지가 강하면 앉아서 목을 맬 수도 있단다. 아무튼 기가 찰 일이지. 니는? 니는 P한테 받을 것 없나?

— 받을 거?

— 빈소에 조문객 반, 빚쟁이 반이란다. 돈 빌려준 동기들하고 선후배들도 꽤 되고. 하긴, 니는 졸업하고 다른 곳으로 이사 간 뒤로 동기들하고 왕래가 없었으니 알 수 없었을 기다. 아닌데, 니 결혼식 사회를 P가 보지 않았나? 맞제?

— 그렇기는 한데, 빌려달라는 이야기도 없었고 그럴 능력도

없다. 전화를 받았어도 못 빌려줬을 거다. 안 빌려주는 게 아니고 못 빌려주는 거.

P에게서 전화가 왔었고 돈을 빌려달라고 했으나 빌려주지 않았다고 말하지 못했다.

— 금마가 몇 개월 전부터 부쩍 동기들한테 돈을 빌리고 다녔다 카더라.

주식이다 가상화폐다 해서 벌려놓은 일이 많았다고 했다. 거기다가 아파트 갭투자를 하겠다며 고객의 돈을 이리저리 끌어다 썼고 그 사실이 들통나면서 고객과 회사로부터 고소를 당해 소송 중이었다.

— 그게 끝이 아니다. 그것 말고도 땅 투자 명목으로 동기들 돈을 모아 산 땅이 맹지였던 거라. 알겠나? P가 말한 거래 가격보다 한참 가치가 떨어진 땅이었던 거지. 그래가 난리가 났다. 니가 이럴 수 있나, 돈을 돌려달라, 안 했겠나. P가 그랬다 카데. 못 준다, 너그도 크게 한번 먹어볼라고 한 것 아이가? 투자를 한 것이니 죽이 되든 밥이 되든 기다리라. 그래가 하는 수 없이 물려있는 친구들도 많단다. 의는 상할 대로 상하고. 이래가 친구끼리는 돈거래 하지 말라고 한 건데.

한동안은 P가 하는 일이 잘되었다고 한다. 추석이나 설이면 룸살롱 같은 곳에 앉아 동기들을 불러 모아 술을 샀고 동기들

집안 대소사마다 참석해 기대보다 한참 많은 축의금과 조의금으로 인심을 크게 썼다. 그러면서 한 달에 한 번 월급만으로는 아무것도 할 수 없다며 고급 시계를 찬 손목을 흔들었고 가끔 동기들 생일이면 외제 차를 타고 집 근처로 찾아와 운전석에 앉은 채 케이크나 선물을 건넸다. 욕심이 난 동기들이 P를 찾아가 스스로 돈을 맡겼다. 잘되는 동안에는 배당금이니 이자니 하는 명목으로 꽤 큰 수익을 동기들에게 안겨주었다. 어디를 가든 환영받았지만 상황이 나빠지면서 분위기가 달라졌다.

— 니는? 상가에 올 꺼가? 나는 가기 싫어도 가야 한다. P 아버지하고 우리 아버지하고 죽마고우다 아이가. 그래노이 내한테는 돈의 돈 자도 안 꺼낸 거지. 암튼, 아버지가 같이 가잔다. 니 안 갈 거면 내가 대신 부조 전해줄 끼고.

푸드득, 앞집 정원에 잿빛 깃털이 흩날렸다. 갈색 줄무늬의 앞발에 걸려든 멧비둘기 한 마리가 버둥거렸다. 나머지 한 마리는 거의 수직으로 솟아올랐다. 정원 위를 한 바퀴 돌며 지켜보거나 남은 한 마리를 위해 갈색 줄무늬를 위협하지도 않았다. 마침 갈 곳이 있었다는 듯 산으로 날아갔다. 갈색 줄무늬의 앞발에 걸려든 멧비둘기는 결국 목을 내주었고 그 때문인지 비명도 내뱉지 못했다. 갈색 줄무늬도 마찬가지. 멧비둘기의 목을 물은 탓에 아무런 소리도 내지 않았다. 네 다리를 쭉 뻗어 잔뜩 낮추었던 몸통을 일으켰다. 고개를 흔들어 입에 문 멧비둘기의 상태를 확인한 뒤 방향을 바꿔 빠르게 걸었다. 잠시 걸음을 멈추더니 이쪽으로 고개를 돌렸다. 거실 창으로 내 모습이 보이는지 알 수 없었지만 우리는 눈이 마주쳤다. 갈색 줄무늬의 흰자위가 붉게 물들었다는 느낌도 잠시, 초점을 잃은 멧비둘기의 눈동자가 지나쳐갔다. 갈색 줄무늬는 담을 넘어 시유지로 뛰어내렸고 스트로부스잣나무 아래에서 멧비둘기를 고쳐 물고 우거진 관목들 사이로 들어갔다.

그제야 나는 가슴팍을 누르고 있던 손을 내렸다. 밖으로 나가 담배 한 개비를 꺼내 물고 불을 붙였다. 담장 가까이 다가갔다. 잿빛 깃털과 짙은 고동의 꼬리털이 마른 잔디 위에 얹혀있었다. 말라붙은 잔디 위를 물들인 붉은 핏방울 자국이 보였다. 문득 멧비둘기들이 무엇을 먹고 있었는지 궁금했다. 담을 넘어갈 수는 없어 담에 붙어 서서 고개를 빼 아래를 살폈다. 노란 알갱이들이 뿌려져 있었다. 작은 식물들의 씨앗이거나 우연히 흘린 곡식 따위는 아니었다. 새 모이였다. 누군가가 흩뿌린.

앞집 현관문이 열렸다. 사내였다. 사내는 내가 서 있는 것을 알고 있었다는 듯 속도를 늦추지 않고 정원으로 걸어 나왔다. 나는 멧비둘기를 잡다 들킨 고양이처럼 뒷걸음질을 치다 정원에 놓인 바위에 부딪히고 나서야 멈췄다. 사내가 나를 보았고 나는 무심결에 목례를 했다.

— 그게, 저.

— 알아요.

'알아요'라고 했는지 '알아'라고 했는지 분명하지 않았다.

사내는 잔디 위에 흩어져있던 깃털들을 주워 모아 한쪽에 둔 다음 두 발로 땅을 파고 비벼 핏자국을 지웠다. 모아둔 깃털을 가지고 들어갔다가 이내 다시 나왔다. 사내의 손에 들려있는 것은 새 모이 봉지였다. 농부가 보리 씨앗을 뿌리듯 새 모이를 흩뿌렸고 나를 한 번 힐끔 쳐다보았다. 그리고 말했다.

— 담배.

— 네?

— 담배가 다 탔는데.

— 아, 네.

필터 근처까지 타들어 간 담배꽁초를 바닥에 비벼 껐다. 고개를 드니 사내는 사라지고 없었다.

*

그날 나는 장례식장에 갔다. K가 장례식장 입구에서 기다리고 있었다.

— 어떻게 이까지 올 생각을 했냐?

— 결혼식 사회까지 봐줬는데 이 정도는 해야지. 아버지는?

— 아버지? 누구? 우리 아버지? 먼저 가셨다. 니 온다고 얼굴 잠깐 보고 들어가겠다고 먼저 가시라 했지.

몇 개의 화환을 지나쳐 빈소에 들었다. P의 아버지가 상주 자리에서 손님을 맞았다. 절을 하려 서니 P의 얼굴이 눈에 들어왔다. 녀석은 웃고 있었다. 절을 하고 P의 아버지와 인사를 나눴다. 푸석해진 얼굴과 부은 눈을 오래 마주할 자신이 없어 서둘러 접객실로 나왔다. 접객실의 분위기는 들었던 것보다 꽤 차분했다.

— 조용하네. 난리가 난 듯 말하더니.

— P 아버지가 다 해결하겠다고 했어. 그래가 다들 돌아갔지. 자식이 부모에게 빚을 남기고 간 거지, 에혀. 우리 아버지 우셨다. 친구 불쌍하다고. 괜히 나만 한 소리 들었다 아이가. P처럼 헛바람 들어 돌아다니지 말고 착실하게 살라고. 나는 착실하게 살고 있는데 말이다.

P의 아버지는 P에게 돈을 빌려준 사람에게는 돈을 갚겠다고 약속했고 P와 소송 중인 사람들에게는 그들이 원하는 조건에 가능한, 아니 최선을 다해 맞춰줄 것이니 소송을 취하해달라고 부

타했다 소송 당사자가 죽은 마당에 무슨 소송이냐며 버틸 수 있는 상황이었지만 P의 아버지는 P가 보누로부터 용서받기를 원했다. P와 엮여있던 동기들, 선배들, 후배들은 고개를 끄덕였다. 몇몇이 구석에 모여 이럴 수는 없다, 그러면 어쩌란 말이냐, 서로 언성을 높이기도 했지만 잠시 그러다 말았다. P의 아버지에게 위로의 말을 건넸고 부의함에 조의금을 넣은 뒤 돌아갔다.

— 희한하제? 그렇게 사람들한테서 돈을 모으고 사기를 쳤는데 P 지 앞으로 남아있는 게 별로 없더라. 갭투자한다고 사 모은 아파트도 명의만 P 꺼지 실제는 은행 꺼고. 주식계좌에 남은 돈도 없고, 가상화폐 계좌는 열어볼 수도 없을 끼고.

— 그게 중요해? 이제 아무 의미도 없는 것을.

— 그래도 궁금하지. 그래서 내가 또 알아봤다 아이가. 글쎄 P도 결국은 당한 것 같더라고.

— 뭘 당해?

— 5기 선배 중에 L이라고 있다. 보험 하는. P를 맨 처음 보험업계에 끌어들인 것도 L이고.

— 그런데?

— 그 L이 P한테 빨대를 꼽아 쪽쪽 빨았다는 이야기가 있더라고.

— 빨대가 뭐냐? 쪽쪽은 뭐고. 그래도 장례식장인데 웬만하면

좋은 말로 해라.

P를 보험업계에 불러들인 L은 P에게 보험 영업이 아닌 다른 경로로 돈을 모으는 법, 그 돈으로 돈을 불리는 법, 그리고 책임을 회피하는 법을 가르쳤다. P는 L에게 배운 방식으로 여럿의 돈을 모아 주식을 했다. 가상화폐, 갭투자, 기획부동산, 돈을 탐할 수 있는 모든 곳, 돈이 몰려다니는 모든 곳에 발을 들였다. 가까운 이들의 신뢰와 가깝지 않은 이들의 탐욕을 이용해 돈을 모았다. 그 꼭대기에 L이 있었다.

— P가 헛꿈을 꾼 거지. 뿌려주는 놈은 다른 생각인데 말이다. 처음에 돈을 팍팍 쥐여주니까 얼마나 좋았겠냐. 동기들한테 가오도 살고. 그걸 보면서 또 여럿 헛꿈 꾸게 되고. P는 그게 다 지 꺼 되는 줄 알았겠지. 헛똑똑이, 헛똑똑이. 결국 P가 손에 쥔 건 하나도 없었다는 거 아이가. 뒤늦게 깨닫고 P 지 혼자 뭘 해보려 했지만 그게 쉽나? 지 친구들, 지를 아는 사람들이 다 돌아섰는데. L이 그렇게 부리고 있는 게 P 한 명이 아니고 여럿이라 카더라. 아마 지금쯤 모두 속 끓고 있을 거라고.

— 확실한 팩트 아니면 말하고 다니지 마라. 그러다 너, 봉변당한다.

— 니, 내가 거짓말하는 거 봤나? 백 퍼 진짜라니까.

*

퇴근한 애들 엄마에게 오후에 있었던 멧비둘기 일을 이야기했다. 현장을 보지 못해서인지 애들 엄마는 크게 놀라지 않았다. 그런 일이 있었어? 다소 담담한 말투로 대답했다. 옷을 갈아입는 애들 엄마 옆에 서서 사건의 시작과 끝, 다정해 보였던 멧비둘기 두 마리부터 담뱃불을 끄고 보니 안으로 들어가 버린 앞집 남자의 이야기까지 천천히 그러나 생생하게 전했다. 옷을 다 갈아입은 애들 엄마가 물었다.

— 검은 고양이는? 걔는 없었어? 발목이 흰 고양이 말이야. 뚱뚱하기는 그 고양이가 더 뚱뚱했는데.

— 아니, 지금 뚱뚱한 게 핵심이 아니잖아. 고양이가 멧비둘기를 잡아먹었다니까. 앞집 남자는 새 모이를 뿌렸고.

애들 엄마는 나를 한 번 보고는 주방으로 향했다. 나는 그녀를 따라 주방으로 들어갔다. 냉동실 문을 열어 저녁거리를 살피던 애들 엄마가 가만히 서 있는 나를 보았다.

— 알아, 다 들었어. 무슨 신나는 일이라고 이렇게 쫓아다니는 거야. 그냥, 나는 녀석들이 뭘 먹고 살이 쪘었는지 궁금했지. 이제 알 것 같네. 그동안 멧비둘기를 잡아먹어서 그렇게 살이 쪘

던 건가 싶네. 그나저나 검은 고양이는 어떡하냐? 혼자면 외로울 텐데 말이야. 하긴 이 동네에 고양이가 한두 마리도 아니고 외롭기야 하겠어. 이제 자기도 그만하고 저녁 먹을 준비나 하자. 식탁에 수저도 놓고. 밥은? 밥은 있어?

전기밥통 뚜껑을 열어 밥양을 살피는 나에게 애들 엄마가 말했다.

— 남아있는 놈이야 어떻게든 짝을 찾겠지. 누가 잡아먹지만 않았다면.

김도일

2017년 포항소재문학상 대상을 수상하며 작품 활동을 시작했다. 자신이 세상에 쓸모없다 느낄 때 이야기를 지어낸다. 그래서 앞으로도 계속 소설을 쓸 것 같다. 재능과는 관계없다. 앤솔러지 『당신의 가장 중심』(2021)을 함께 썼다.

ssnnsaram@daum.net

[작가 노트]

어룡사에 대나무가 생겨나서(竹生漁龍沙)
만 사람 살리는 땅이로다(可活萬人地)
서쪽 기물들이 동쪽으로 옮겨와(西器東遷來)
돌아보니 모래 마당 없어졌네(回望無沙場)

조선시대, 관상감 벼슬을 하던 이성지라는 이가 연일 현감으로 있는 친척을 방문하였을 때 영일만 움푹 꺼진 바다 끝자락, '어룡사 魚龍沙' 라고 불리는 이십 리 모래밭을 보고 지었다는 시다. 시가 말하는 바를 이해하지 못하였던 사람들은 수백 년이 지나고야 대나무의 의미가 공장 굴뚝인 것을 알고 그의 신묘한 예언에 무릎을 쳤다.

1923년, 프랑스 신부 루이 델랑드가 일본의 식민지 조선으로 건너왔다. 후에 남대영으로 개명한 그는 1950년 포항 송정리에 수녀원과 고아원을 설립하였는데 석 달 후 한국전쟁이 일어났다. 전쟁고아와 갈 곳 없는 노인들, 장애인과 나환자를 돌보는 동양 최대 규모의 수녀원은 송정리가 제철공장 부지로 선정됨에 따라 이주를 당하였고 건물은 철거되었다.

영일만 안쪽에 형성된 마을은 조선 초기부터 대송역이 설치될 만큼 지리적으로 중요한 곳이었다. 약 사백 가구가 모여 사는, 마을 단위로는 전국에서 가장 큰 규모였던 이곳은 1967년 포항제철 부지가 되었다. '제철보국' 이라는 명분 아래 이천여 명의 주민들은 조상 대대로 일구던 땅을 버리고 쫓기듯 고향을 떠나야 하였다. 사람들은 이 실향민들을 '대송 철거민' 이라 불렀다.

통유리 전체가 제철공장의 전경으로 꽉 찬 카페에서 소설을 썼다. 초고를 쓰기 시작하여 퇴고에 이르는 동안 대나무같이 생긴 공장의 굴뚝에서는 허연 연기가 올랐고 때로는 벌겋고 퍼런 불꽃들이 일었다. 카페와 공장 사이를 가로지르는 육 차선 도로에는 쉼 없이 차들이 오고 갔다.

작은 것들을 모아 이야기를 지었다. 글을 쓰는 동안 그것들이 가슴을 묵직하게 짓눌렀다. 마치 쇳덩이 같았다.

어룡이
놀던
자리

예수님께서 우리를 위해 십자가를 지심을 묵상하오며 주님의 길을 좇는 거룩한 사제 티모테오 신부님께 하느님의 은총이 함께하길 기도합니다.

신부님, 돌이켜 생각해보면 지난 유월의 아스팔트 위는 정말 따뜻하였고 최루탄 가루가 뽀얗던 거리는 참 포근하였습니다. 독재자의 개가 유신의 심장에 총알을 박으며 '서울의 봄'이 온 것도 잠시, 광주에서 살인마들이 가져온 혹독한 겨울을 기약 없이 버텨야 했기 때문일 것입니다. 저들이 휘두르는 총칼과 곤봉 아래서의 세월은 전깃줄이 녹아내리는 기온에도 뼛속의 한기에 몸을 떨었고, 수도관이 얼어 터지는 엄동설한에도 사그라지지 않는 가슴속 불덩이 때문에 고통스러웠습니다. 그러나 이제 일곱 해 전 잃어버린 봄의 기운을 되찾을 수 있을 것이라는 기대 덕분에, 팔월의 태양에 달구어진 콘크리트 감옥 안에도 절망의 밤을 지나 희망의 새벽이 밝아오는 듯합니다.

닥쳐오는 저들의 삼엄한 포위에 언제 군홧발로 짓밟힐지 모른다는 불안 속에서 오로지 동지들의 신뢰와 하느님이 내어주신 언덕에 기대어 힘겨운 투쟁을 이어갈 때, 결국엔 믿음마저 흔들려 행여 하느님의 옷자락을 놓칠까 두려워하던 저에게 신부님께서 보여주신 굳은 신념과 평온함은 큰 구원이었습니다. 외부에서 활동하는 학생들과 끊어진 연락선을 다시 잇기 위한 암행 전, 신부님께 인사드리고 어둠에 묻혀 명동성당을 나선 게 유월 중순이었으니 두 달이 훌쩍 지나버렸군요. 이제야 소식을 전합니다.

경찰의 삼엄한 감시를 뚫고 다행스럽게도 눈치 빠른 기사가 모는 택시에 올라 곳곳에서 벌어지던 검문을 피해 목적지에 도착할 수 있었습니다. 향후 정세에 대한 전망과 행동강령을 경청하는—캠퍼스에서 학문에 힘쓰며 낭만을 누려야 할 권리를 백척간두에 서 있는 조국의 운명에 저당 잡힌—불쌍하고 어린 청춘들의 맑은 눈들을 보며 제 눈에 고이는 물기를 들키지 않으려 무진 애를 써야 했습니다. 강철 같은 투쟁 의지를 확인하고 독재의 사슬을 끊을 그 날이 올 때까지 서로의 안위를 빌면서 되돌아오는 길이 저의 마지막 활동이었습니다. 마치 저를 기다리기라도 한 것 같이 잠복하는 형사들에게 체포되어 이곳에 오게 되었지요. 신부님은 그동안 어떻게 지내셨는지 참으로 궁금합니다. 탄압 정국이 한풀 꺾였다고는 하나 아직 저들의 감시와 탄압의 강도는 여전할 것인데 건강은 상하지 않으셨습니까?

저는 한 평이 안 되는 독거방에 갇혀있다가 네 명이 생활하는 혼거방으로 옮긴 지 이제 일주일이 지났습니다. 보통 정치사범은 독거방에 가두어 일반 죄수들과 접촉을 막는 게 일반적인데 이곳으로 오게 된 것은 정말 희한한 일입니다. 아마 독방에 가두어야 할 인사들이 넘칠 정도로 많거나, 금방이라도 끊어질 듯한 긴장감이 저들의 항복 선언 후에 조금은 느슨해진 이유일 것이라 짐작만 할 뿐입니다. 이유야 어떻든 사람들의 얼굴을 보며 이야기를 나눌 수 있게 된 것은 참으로 잘된 일입니다.

이곳의 하루는 여섯 시 기상 사이렌과 함께 시작됩니다. 그러나 이미 정신은 쇠창살 사이로 스며드는 여명에 맞춰 일찌감치 또렷해진 상태이고 바닥에 가라앉아 몸을 덮는 새벽 공기의 냄새를 맡을 수 있을 만큼 감각은 뚜렷해집니다. 기상과 함께 이불을 정리한 후 바닥에 도열하여 앉아있으면 담당들이 문을 개

방합니다. 문을 개방한다고 해서 나갈 수 있는 것은 아니고 밤새 인원의 이상을 확인하는 것이지요. 이런 머릿수 확인은 하루에 세 번 규칙적으로 이루어집니다.

인원 점검과 간단한 청소가 끝난 뒤 '소지'라고 하는—비교적 모범적인 수용 생활을 하는 자들 중에서 선발되어 담당들의 일을 보조하거나 각 방에 물품 따위를 전달하는—제소자를 통해 갖가지 요청 사항들이 담당에게 전달되고, 감방문 아래에 뚫린 식구통으로 물과 식사를 받아 아침을 먹습니다. 하루에 육 리터씩 지급되는 물로 식수로 쓰고 설거지와 세면도 해야 하기에 잘 배분해서 써야 합니다. 소지와 좋은 관계를 만들어놓으면 여분의 물을 더 얻을 수 있거나 온수도 넉넉히 받을 수 있기에 소지는 나름 감방 안에서 작은 권력을 누리고 있습니다.

식사가 끝나면 구매장을 작성하여 영치금으로 필요한 물건들을 살 수 있는데 군것질거리와 밑반찬, 속옷과 양말에서부터 영양제까지 웬만한 것들은 모두 구할 수 있습니다. 여기에도 영치금의 액수에 따라 빈부격차가 존재합니다. 영치금이 많은 이는 범털, 그렇지 못한 사람은 개털이라고 부르는데 범털들이 많은 방은 뭐든지 넉넉하여 그렇지 못한 방보다 사고가 덜 나는 편입니다. "곳간에서 인심 난다"라는 속담이 실감 나는 곳이 이곳이지요. 범털방은 담당이 먹을 간식거리와 영양제도 챙겨주고 문제가 될 만한 것들을 눈 감아 주기도 합니다. 이러한 관행이 감옥에도 자본의 피가 흐르고 사본주의 법칙이 적용되는 곳임을 일깨워줍니다.

아홉 시부터는 삼십 분간 운동시간이 주어집니다. 운동이라고 해봐야 벽을 따라 걷는 것이 전부이지만 태양 아래서 땅을 밟고 걸을 수 있다는 것만으로도 하루 중 제일 기다려지는 시간입니다. 이러한 것을 교도관들도 아는지라 운동시간을 금지하는 것을 제소자들을 다스리는 수단으로 사용하기도 합니다.

복도를 따라 줄을 지어 밖으로 나가면 중앙의 감시탑을 중심으로 부채꼴같이 벽들이 뻗어있습니다. 제소자들은 교도관이 정해주는 구역으로 들어가 벽을 따라 돌며 운동을 하는데 사상범끼리 겹치지 않도록 조정을 하는지 여기에 들어와 있는 동지들의 얼굴을 한 번도 보지 못하였습니다. 운동하는 동안에는 제소자끼리 말하는 것이 금지되어 있기에 만나더라도 눈으로만 서로 안부를 주고받는 정도이겠지요.

운동이 끝나면 심리나 조사를 받기 위해 외부로 호송되는 이들은 외출을 하고, 그렇지 않은 이들은 다시 방으로 들어가 점심을 먹을 때까지 판사에게 제출할 반성문을 쓰거나 바깥으로 보낼 편지를 씁니다. 소위 먹물로 불리는 저와 같은 자들은 다른 사람의 반성문을 봐주기도 하고 배움이 짧은 이들의 글을 대신 써주기도 함으로써 같은 방 사람들과 우호적인 관계를 유지할 수 있습니다.

다섯 평 크기의 방에 저와 같이 있는 사람 중 둘은 경제사범이고 하나는 존속살인과 과실치사 사이에 있습니다. 큰 키에 흰머리가 무성하고 중후한 생김새의 사내는 사기전과가 화려한 자로 인생 삼 분의 일을 감방에서 보냈습니다. 그럴듯한 외모와 현란한 언변으로 자신을 교수라고 사칭하여 범죄를 저질렀기에 여기에서도 교수로 불립니다. 대머리에 키가 작고 뚱뚱하여 앞의 교수와 대조를 이루는 생김새의 사십 대 중반 사내는 어렸을 때 상경하여 갖은 고생 끝에 자수성가한 사업가였지만 거래처인 대기업의 횡포로 회사가 부도난 후 이곳에서 일심 판결을 기다리고 있습니다.

흰 피부에 몸이 심하게 마른 스물세 살 청년은 그의 아비를 죽인 죄로 여섯 달 전에 이곳에 들어왔습니다. 이름이 창식인 그가 여기에 들어온 사연은 영화나 연속극에 널리고 널려 너무 흔하고 뻔하여 오히려 현실감이 없게 느껴집니다. 그러나 그 이야기의 흔함과 뻔함은 이 땅에 사는 사람들의 어둠과 슬픔이 도처에 널려있기 때문일 것입니다.

창식의 아비는 맨정신일 때도 어미에게 손찌검하는 게 여사였고, 술이라도 들어가면 창식과 창식의 여동생을 가리지 않고 때

렀습니다.

비가 오는 바람에 노가다를 공쳤던 날, 아침부터 술에 취한 아비가 어미를 패다가 분이 안 풀렸는지 손에 잡히는 대로 휘둘렀는데 하필 그게 날이 선 식칼이었던 것입니다. 그때 창식은 학교에 있었는데 평소에 창식을 벌레 보듯 하는 선생이 사색이 되어 그에게 얼른 병원으로 가보라고 하였습니다. 하얀 천을 젖히자 어미의 목에는 귀밑에서부터 턱 아래까지 칼자국이 선명하게 나 있었는데 벌어진 피부 틈으로 보이는 속살은 유독 빨갛고 선명하였습니다. 잠든 듯이 누워있는 어미의 얼굴은 창식이 그때까지 본 얼굴 중에 가장 편안한 모습이었고, 창백하다 못해 푸른빛을 띠는 어미를 보며 자신의 하얀 피부는 엄마를 닮았음이 새삼 생각났다고 합니다.

아비는 상해치사죄로 오 년 형을 받았고 창식 남매는 할머니에게 맡겨져 다행히 보육원으로 가는 것은 면하였습니다. 창식의 살아온 인생 중에서 아비가 교도소에 간 오 년이 가장 행복하였는데 엄마가 하늘로 가면서 주는 마지막 선물이라고 생각했습니다.

육 개월 전 아비는 창식 남매 앞에 다시 나타났습니다. 할머니는 작년에 돌아가셨고 창식은 성인이 되어 하루 열두 시간씩 방직공장에서 원단을 나르는 일을 하며 고등학생인 여동생과 살고 있었습니다. 아비가 나타난 날, 그는 철야를 마치고 열한 시를 넘겨 퇴근하였습니다. 여느 날 같으면 피로와 허기에 한시라도 빨리 집으로 가 몸을 누이고 싶은 마음뿐이었겠지만, 그날따라 왠지 집이 가까워질수록 이유를 알 수 없는 불안감에 가슴이 뛰어 진정되지 않았습니다.

집 앞에 다다르자 안에서 동생의 것으로 보이는 비명이 어렴풋이 들렸습니다. 그가 뛰걸음으로 집 안으로 들어가 방문을 열어젖히자 술에 취한 아비가 피투성이가 된 동생을 발로 짓누르고 있었습니다.

그때 창식의 머리에 들어온 것은 피투성이가 된 동생만이 아니었습니다. 이불 속에서 잠든 척하며 들었던, 저주를 퍼붓는 욕지거리와 다문 어금니 사이로 새어 나오던 신음이었습니다. 멱살을 잡힌 채 따귀를 정신없이 맞을 때 아비에게 나던 술 냄새와 뺨에 달라붙어 오랫동안 떨어지지 않던 담뱃진 냄새였습니다. 어미의 벌어진 피부 사이로 보이던 붉은 속살이었습니다.

아비는 그날 죽었고 창식은 바로 자수하였습니다. 그리하여 지금 그는 살인과 과실치사와 정당방위 사이에서 법원의 판단을 기다리고 있는데 자기 손으로 아비를 죽이는 것은 창식이 오래전부터 품어왔던 소망이었다고 합니다. 그렇기에 자신의 죄는 살인이 분명하나 본인의 그런 소망을 법정에서 밝힐 용기가 없음에 대해 심한 부끄러움을 느낀다고 했습니다. 그는 또한 아비가 어미와 남매를 개처럼 학대할 때 두려움 때문에 반항할 엄두조차 내지 못한 것이 부끄러웠다며, 그러나 이제는 꿈을 이루어 홀가분하다고 이야기하였습니다. 담담하게 자신의 이야기를 하는 그의 선한 얼굴에 죽은 아비에 대한 연민은 손톱만큼도 없어 보였습니다.

신부님께 생면부지인 청년의 이야기를 이렇게 길게 소개하는 이유는 그의 고백이 제 마음을 휘저어 깊숙이 가라앉아 있던 부끄러움을 위로 부유케하여 괴롭히기 때문입니다. 영원한 비밀이길 바랐던 저의 부끄러움은 결국 누군가에게 고백해야만 구원을 얻을 수 있다는 것을 창식을 통해 깨달았기 때문입니다. 그러므로 제가 지금부터 드리는 말씀은 일종의 고해성사인 것입니다.

제가 태어나서 유년 시절을 보낸 곳은 영일이라는 곳입니다. 우리 땅 동쪽 아래에서 반도의 등줄기를 든든하게 받치고 있는 곳이지요. 지금은 포항시에 편입되었으니 신부님께는 포항제철이 있는 곳이라고 설명하는 게 이해하시기 빠르겠지요.

저와 가족들이 살았던 영일군 대송면 송정마을은 삼십여 채 초가지붕 집들이 바다를 등에 지고 모래바람을 피해 서로 어깨를 맞대어 웅크리고 있는 곳이었습니다. 마을 앞에는 반듯하게 정리가 된 너른 들이 펼쳐져 어른들은 사계절 내내 그곳에서 허리를 숙였고 그 너머에는 황토가 드러난 낮은 산이 흐릿하게 보였습니다.

마을의 오른쪽에는 인근 경주의 작은 산에서 발원한 물길이 몸집을 키우며 흘러오다 형산兄山과 제산弟山 사이를 지나며 형산강이라는 이름을 얻어 동해로 빠져나갔습니다. 형산강 너머에는 포항 시가지가 있었는데 그래봤자 해방 전 일본인들이 지은 건물과 판자로 만든 상가들이 어지럽게 붙어있는, 겉으로 보기에도 궁핍이 덕지덕지 붙은 갯가 마을을 벗어나지 못하는 곳이었습니다.

뒤편으로는 둥치가 제법 크고 그늘도 깊은 소나무들이 좌우로 길게 숲을 이루어 마치 두 팔로 마을의 집들을 감싸 보호하는 것 같은 모양이었고 솔숲 너머 모래밭을 지나면 옥빛의 바다가 좌우 산들의 호위를 받으며 펼쳐져 있었습니다. 동해의 한 곳이 육지로 움푹 들어온 곳에 자리한 우리 마을은 희한하게도 북쪽으로 바다가 뻗어있었는데 이러한 지형을 만灣이라고 하며 동네 앞바다를 영일만이라고 부른다는 것은 학교에 들어간 후 알게 되었습니다.

바다는 걸어서 꽤 멀리 들어갈 수 있을 정도로 깊이가 완만하고 바닥은 모래로 되어있어 아이들이 헤엄치며 놀기에 적당하였습니다. 그리고 조개가 아주 많아 조개잡이는 어른들의 주요한 수입원이자 아이들의 놀이 수단이었습니다. 어른들은 이른 아침 바다에서 커다란 갈퀴를 쟁기처럼 끌어 조개를 잡아 수레로 가마니째 실어 날랐고, 아이들은 아무런 도구 없이 바다에 들어가 발뒤꿈치로 바닥을 살살 비비다가 돌같이 딱딱한 감촉이 발에 닿을 때 얼른 팔을 넣어 조개가 땅속으로 숨기 전에 주웠습니다.

바다와 소나무밭 사이에는 희고 고운 모래밭이 해안선을 따라 이십 리나 이어졌습니다. 양쪽 끝이 보이지 않는 모래밭은 물고기와 용이 서로 다투거나 노니는 형상이어서 '어룡사魚龍沙'라는 이름으로 옛 문헌에 기록되어 있다고 하는데 이곳 사람들은 '어링불'이라고 불렀고, 어링불은 다시 우리 마을에 속한 '송정불'과 옆 마을의 '동촌불' 등으로 각각 이름 붙여졌습니다.

유년 시절을 추억할 때면 언제나 신체의 모든 감각이 동원됩니다. 먼바다에서부터 힘껏 밀고 들어와 얕은 수심에 닿고는 지쳐버린 파도의 한숨 소리와 거칠 것 없이 달리던 바람이 소나무 이파리에 쓸려 화들짝 놀란 소리. 한시라도 걸레질을 게을리하면 툇마루에 뽀얗게 쌓이던 고운 모래와 집 앞 들판마저 제대로 보이지 않게 하던 모래 안개. 아지랑이처럼 들판에서 올라오던 두엄이 발효되는 냄새와 썩은 조개더미의 구린내. 된장, 젓갈,

무침, 심지어 가끔 밥에도 들어가던 조갯살의 쫀득한 식감과 해감을 제대로 안 한 조개의 서걱거림. 그리고 정신없이 놀다 보면 온몸에 달라붙어 끈적거리고 따끔거리던 소금기. 글을 쓰는 지금도 제 귀와 코와 눈과 입과 피부는 고향에 대해 반응을 일으키는 것만 같습니다.

마을에는 프랑스 신부가 세웠다는 수녀원이 있었습니다. 솔숲에 둘러싸인 거대한 수녀원은 우리 마을에서 유일한 현대식 건물이었고 규모가 아주 커서 그 안에는 수녀원뿐만 아니라 성당, 고아원, 양로원, 장애인의 집 등으로 채워져 있었습니다.

수녀원에 사는 사람들도 꽤 많아 두 분의 신부님과 백육십 명의 수녀님, 그리고 오백 명이 넘는 사람들이 공동으로 생활하였습니다. 송동분교의 학생 절반도 수녀원 아이들이었지요. 수녀원에 일손이 필요하면 마을 사람들이 나섰고 마을 대소사에는 수녀원 사람들이 손을 보탰습니다. 제 아버지는 수녀원의 트럭을 몰며 이것저것 장정의 힘이 필요한 일들을 하셨기에 저 또한 수녀원을 놀이터로 여겼고, 대부분의 마을 아이들도 주일이면 성당에서 미사를 보고 난 뒤 수녀님들이 나누어주는 귀한 과자와 사탕을 얻어먹곤 하였습니다. 지금 생각해보면 그때는 어링불 전체를 아우르는 커다란 공동체가 수녀원을 중심으로 돌아갔던 것 같습니다.

교실 두 개를 저학년과 고학년이 나누어 공부하는 분교에 남두호라는 친구가 있었습니다. 수녀원을 처음 세운 프랑스 신부님의 귀화한 성을 받은 두호의 외모는 다른 친구들과 달랐습니다. 진한 갈색 피부와 심한 곱슬머리, 납작하고 펀펀한 코와 두툼한 입술을 가진 두호는 어릴 때부터 튀기, 깜둥이 새끼, 화냥년의 자식 같은 욕을 들으며 자라야 했습니다. 단일민족이라는 말을 무척 싫어하던 두호는 학년이 같은 저보다 서너 살쯤 많을 것으로 짐작하는데, 세상에 나온 지 얼마 되지 않아 수녀원 앞에 버려졌기에 정확한 나이는 잘 몰랐습니다. 두호의 덩치와 힘은 웬만한 어른을 넘어서서 학생 두드려 패기를 심심풀이 수단 정도로 여기던 교사들도 두호에게만은 함부로 하지 못하였습니다. 게다가 목젖에 달걀만 한 것이 불쑥 나온 두호의 목소리는 쇠몽둥이를 삼킨 것처럼 묵직하였고 인중과 사타구니의 시커먼 거웃 때문에 두호는 무시로 코 밑과 바지 안에 손을 가져가 벅벅 긁어 긁어대곤 하였습니다.

아이들은 자연스레 두호를 우두머리로 생각하며 따랐는데 비단 덩치와 힘 때문만은 아니었습니다. 그는 선천적으로 남을 끌어당기는 자질을 가지고 태어난 것처럼 보였습니다. 뛰어난 유머 감각과 쇼맨십으로 아이들을 웃겼고 기발한 놀이 방법을 생각해내었기에 두호와 있으면 심심할 겨를이 없었습니다. 또한 두호는 때에 따라 놀이의 규칙을 교묘하게 바꾸어 자기 마음에 드는 아이에게는 중요한 역할을 주었고 그렇지 않은 아이는 그럴듯한 이유를 갖다 붙여 놀이에서 소외시키는 영악함도 갖추었습니다. 그래서 아이들은 두호가 시키는 일은 어떻게든 해내려 하였고 나아가 두호에게 부탁을 받는 것 자체를 영광으로 여기기도 하였습니다.

두호는 권투를 좋아해서 근처 군부대에서 구한 군용 더블백에 모래를 채워 수녀원 마당 소나무에 걸어놓고는 매일 권투 연습을 하였습니다. 어느 토요일 오후 아버지를 따라 수녀원에 갔다가 샌드백을 두드리고 있는 두호를 발견하고 근처에 쪼그리고 앉아 구경하였습니다. 입에서 쉭쉭 소리를 내며 비슷하면서도 다른 동작을 정신없이 반복하던 그가 숨을 헐떡이며 제 옆에 털썩 앉았습니다.

"니도 한번 해볼래?"

"언지. 전에 한번 해봤는데 너무 아프더라. 손등도 까져가 쓰라리고."

"그래도 참고 해야지. 까지고 아물고를 자꾸 하다 보면 손등도 단단해진다."

"그래도 싫다. 나는 영 취미 없다. 그런데 니는 이게 그리 재밌나?"

"뭐, 재밌기도 하고…… 내가 어디에서 들었는데 내 같은 깜둥이는 미국 가서 뽁싱만 잘해도 돈을 억수로 많이 번다더라. 나중에 여기서 나가면 미국 갈라고. 거 가서 돈도 마이 벌고 튀기, 깜둥이 소리 좀 안 듣고 살아보거러."

둘이 앉아서 얘기 나누던 나무 아래에는 솔잎 사이로 햇살이 쏟아졌고 검은 어깨에 맺혀 햇살을 튕겨내던 투명한 땀방울에서는 진한 쇠의 냄새가 났습니다.

학교에서 아이들을 좌지우지하는 두호가 어린 양처럼 순할 때가 있는데 신부님과 수녀님들 그리고 루시아 앞에서였습니다. 선천적으로 귀가 안 들리는 루시아는 휴전 이듬해 겨울, 대구의 어느 성당 앞에서 발견되어 이 동네에선 이례적으로 눈이 많이 내리던 날 수녀원으로 오게 되었습니다. 수녀원에서 유치원생과 그보다 더 어린아이들을 돌보며 허드렛일을 하는 루시아는 작고 가녀린 체형에 하얀 피부와 갈색 머리카락을 가졌고, 살짝 튀어나와 쌍꺼풀진 큰 눈과 오뚝한 코 사이에 연한 주근깨가 뿌려져 있었습니다.

둘은 비슷한 처지 때문인지 어릴 때부터 오누이처럼 자랐습니다. 아이들이 놀릴 때면 같이 놀림을 당하였고 두호가 힘이 세진 후로 루시아를 놀리는 이는 두호가 흠씬 두들겨 패주었습니다. 정확한 나이를 모르기는 루시아도 마찬가지였지만 두호는 루시아를 언제나 누나라고 불렀고 한 번도 루시아에게 대들거나 그녀의 말을 거역한 적이 없었습니다.

두호는 졸업반인데도 불구하고 한글을 읽고 쓰는 데 서툴렀지만 수화는 능숙하게 할 수 있어 루시아와의 대화에 불편함이 없었습니다. 저도 둘에게 수화를 배워 루시아에게 간단한 의사는 전달할 수 있었지만 길거나 복잡한 이야기는 그녀가 항상 지니고 있던 손바닥만 한 누런 종이에 적었습니다. 두호와 루시아는 어렸을 때부터 아버지를 따라 수녀원을 드나들었던 저를 친동생처럼 대하였습니다. 장애 때문에 외부 사람들과 어울리는 것을 끔찍이 싫어하던 루시아였지만 제게만은 예외여서 언제나 환하게 웃으며 반겨주었기에 셋이서 자주 어울려 다녔습니다.

루시아는 차분해 보이는 겉모습과는 달리 고집이 아주 셌습니다. 대부분 루시아가 하자는 대로 두호가 따랐지만 아주 가끔 둘의 의견이 다를 때가 있었습니다. 루시아는 빠르고 단호한 손동작으로 자신의 의견을 주장하다가 마음이 급해지면 높은 톤의 기괴한 소리를 내질렀습니다. 그럴 때면 두호는 어쩔 줄을 몰라 하며 자신의 의견을 굽혔지요. 덩치 큰 두호가 조그만 루시아 앞에서 쩔쩔매는 모습은 둘 사이에서 누구 편을 들어야 할지 난

감한 상황에서도 웃음을 주었습니다.

셋이서 조개를 주우러 간 어느 날이었습니다. 얕은 바다에서 발바닥을 비비던 루시아가 두호에게 물을 튀겼고 저까지 끼어들어 서로에게 물장구를 치다가 셋은 온몸이 다 젖게 되었습니다. 두호와 저는 깔깔대며 웃다가 뒤늦게야 얼굴이 빨개진 루시아가 당황하는 것을 알았습니다. 의아해하던 두호의 눈이 루시아의 가슴에 닿았고 흰색 상의를 입은 루시아는 두 팔로 가슴을 감싸 안고 급하게 밖으로 나갔습니다. 무슨 일인가 싶어 루시아를 뒤따라가려던 저의 팔을 두호가 잡았는데 그의 검은 얼굴이 붉게 보였습니다.

루시아가 사라지고 십 분쯤 지나 우리도 잡은 조개를 챙겨 바다를 나왔습니다. 젖은 옷은 수녀원을 향해 걷는 동안 초여름의 햇볕에 거의 말라가고 있었지만 소금기로 끈적거리는 머리가 찝찝하여 걸음을 서둘렀습니다. 직선으로 내뻗은 비포장도로 저 멀리에 루시아가 보이길래 얼른 다가갔더니 루시아는 사내 셋이 나누어 탄 두 대의 오토바이에 가로막혀 있었습니다.

그중 한 명은 아버지의 먼 친척 동생뻘인 치곤이었습니다. 치곤은 노모와 둘이 살았는데 근방에서 소문난 건달이었고 교도소도 몇 번 들락거렸습니다. 그는 제 어미에게도 행패 부리기가 여사여서 그때마다 아버지가 가서 수습하고는 하였습니다. 아버지는 치곤을 언급할 때마다 인간 되기는 애초에 글러 먹은 개차반이라고 혀를 찼고 대부분의 동네 어른들도 그를 인간 외 등급으로 취급하였습니다.

비 맞은 새처럼 떨고 있는 루시아를 보며 비릿한 웃음을 흘리는 셋 앞에서 두호는 주먹을 말아쥔 채 바위처럼 서 있었고 그 사이로 적개심과 경멸이 뒤섞인 공기가 무겁게 흐르고 있었습니다. 겁을 먹은 저는 두호 등 뒤로 몸을 숨겼는데 침묵을 깨는 치곤의 목소리가 들렸습니다.

"요한이, 아재를 보면 인사를 해야지. 너그 아버지가 그리 갈치더나?"

"아, 안녕하신교?"

저는 삐죽삐죽 앞으로 나와 엉거주춤 고개를 숙였습니다.

"오야 그래, 앞으로도 어른을 보면 이래 인사를 잘해야 훌륭한 사람이 되는 기라. 그런데 니는 와 이런 깜둥이 새끼랑 벙어리년하고 어울려 댕기노? 야들하고 댕기면 꼬추 떨어진데이."

치곤 일행은 이 말에 저들끼리 과장되게 낄낄거리다가 흙먼지를 일으키며 사라졌습니다. 두호는 한동안 주먹을 풀지 않고 오토바이가 작아져 가는 것을 노려봤습니다. 고개를 올려본 두호의 눈엔 파란 불꽃이 일렁이는 것 같았습니다.

그해는 봄부터 이상한 소문이 바람에 실려와 마을 전체가 뒤숭숭하였습니다. 나라에서 철을 만드는 공장을 짓기로 하여 우리 마을을 포함한 일대 전체가 없어진다는 것이었습니다. 사람들은 둘 이상 모이기만 하면 소문에 대해 각자 들은 소식을 공유하기도 하고 상반된 정보에 대해서는 진위를 따지느라 목소리를 높이기도 하였습니다. 이야기는 크게 궁금증과 걱정으로 갈라졌습니다. 도대체 얼마만큼 큰 대장간—마을 사람들은 철을 만드는 공장의 개념을 대장간 이상으로 상상할 수 없었습니다—을 짓길래 이 일대를 모두 헐어야 하느냐와 대대로 이곳에서 논밭을 갈고 그물을 서리며 살아왔는데 마을을 잃어버리면 우리는 어디에서 무엇을 하며 살아야 하느냐에 대한 것이었지요.

시간이 지나며 소문은 점점 현실이 되어 갔습니다. 초여름부터 공무원들과 공장 관계자들이 마을을 돌며 전답과 가옥에 대한 매입 협상을 시작했기 때문입니다. 검은 모자를 쓰고 오른팔에 완장을 찬 사람들이 날마다 집집을 돌며 사람들을 어르고 달랬습니다. 처음에는 적대적으로 대하며 완강하게 맞서던 사람들도 야만적인 권력 앞에 버틸 수가 없었기에 결국 굴복할 수밖에 없었습니다. 특히 마을 어른 몇몇이 공무원들에게 행패를 부리다가 경찰서로 끌려가서 죽지 않을 정도로 매질을 당하였고 동의서에 지장을 찍는 조건으로 풀려난 게 큰 계기가 되었지요.

가장 끝까지 버틴 것은 마을 앞산에 조상의 묘를 쓴 사람들과 수녀원이었는데 지역의 모 국회의원이 마을에 있던 조상의 묘를 다른 곳에 옮김으로써 이장移葬을 꺼리던 사람들의 문제는 자연스럽게 해결되었습니다. 마지막까지 남은 수녀원은 해결해야 할 문제가 한둘이 아니었습니다. 오백 명이 넘는 사람들이 살던 곳을 떠나 새로운 터전을 일구어야 한다는 게 쉬운 결정은 아니었을 테니까요.

가을걷이가 끝나자 마을에는 빈집들이 하나둘 생기기 시작했습니다. 사람의 온기가 빠져나간 집은 손만 대면 무너질 것같이 건조하고 위태로웠습니다. 급하게 이사 보따리를 싸서 떠난 사람들의 뒷자리에는 선택받지 못해 버려진 물건들이 처참한 몰골로 나뒹굴고 있었습니다. 이때쯤 동네 아이들에게 방과 후 새로운 일과이자 놀이가 생겨났습니다. 빈집을 돌아다니며 고물을 찾는 것이었지요. 값어치가 있는 것들을 주워 모아두었다가 고물상의 가위 소리가 들리면 엿이나 사탕으로 바꾸기 위함이었습니다. 한때는 사람들의 입속을 드나들었을 숟가락이나 바닥에 구멍이 난 냄비, 빈 병이나 배가 부풀어 오른 책 같은 것을 찾으러 집 안 구석구석 뒤지다 보면 누군가는 깨진 가마솥이나 바퀴가 헛도는 풍구 등을 발견하는 횡재를 누리기도 하였습니다.

먹구름이 낀 하늘 때문에 낮부터 컴컴하던 날, 저는 무리에서 벗어나 혼자 마을에서 한참 떨어진 외딴집을 뒤졌습니다. 동쪽에서 불어오는 샛바람 탓에 어깨가 절로 오그라들고 빼앗긴 체온으로 인해 허기가 졌지만 그날은 운이 꽤 좋았습니다. 헛간에서 놋쇠로 된 요강과 석유램프를 발견하였지요. 특히 석유램프는 멀쩡한 유리에 심지도 살아있어 당장 사용해도 될 정도였습니다. 집주인은 뭐가 그리 급해서 저런 것들을 놔두고 떠났을까 생각하며 헛간을 나와 방문을 열었습니다. 방에는 가져가지 않은 이불 채가 바닥에 헝클어져 있었습니다. 저는 요강과 램프를 문 앞에 두고 자석에 끌리듯 방으로 빨려 들어가 이불 위에 몸을 뉘었고 그만 스르르 잠이 들고 말았습니다.

곰팡내가 나는 누렇고 두꺼운 이불에 파묻혀 얼마나 오랫동안 잠이 들었던 것일까요. 요의에 떠밀려 근육이 다 풀려버린 팔다리를 억지로 일으켰을 때 사위는 이미 컴컴해져 아무것도 보이지 않았습니다. 문득 두려워진 저는 불에 덴 듯 자리에서 일어나 밖으로 나갔습니다. 다행히 먹구름은 걷히고 붉은 달무리가 하늘에 걸려있어 집으로 가는 길의 윤곽은 알아볼 수 있었습니다.

배고픔과 꾸중 걱정에 숨을 헐떡이며 걸음을 재촉하는데 두고 온 요강과 램프가 생각나서 아차, 하였습니다. 다시 돌아가기는 이미 늦었기에 저녁을 먹고 부모님이 잠자리에 들기를 기다렸다가 다시 찾으러 가야겠다 생각을 하며 집으로 향했습니다. 집에서는 당연히 불호령이 떨어졌지요. 그러나 어머니께 빗자루로 허벅지를 맞으면서도 허겁지겁 밥을 먹는 도중에 또 한 번 등짝에 손자국이 찍히면서도 두고 온 것들이 머리에서 떠나지 않았어요. 며칠 안으로 얻게 될 엿과 사탕 생각에 조바심을 내며 밤이 깊어지길 기다렸습니다.

유난히 더딘 시간이 흐른 후 드디어 아버지의 코 고는 소리와 어머니의 새근거리는 숨소리가 흙벽 너머로 들리기 시작했습니다. 저는 조용히 일어나 삐걱거리는 소리에 신경을 곤두세우며 문을 열었습니다. 달은 다시 구름 위에 있는지 사방은 먹물을 뿌려놓은 것 같았습니다. 저는 그새 누가 가져갔을지도 모른다는 걱정을 하며 오후의 그 집으로 달리기 시작하였습니다. 저만치 앞서가는 마음을 발이 쫓아가지 못해 안달하며 평소 같으면 음산한 기운에 낮에도 잘 가지 않던 당산나무 앞도 아무렇지 않게 지났습니다.

근처에 다다라 뛰는 것을 멈추고 숨을 고르다가 집에서 들리는 인기척에 저도 모르게 허리를 숙였습니다. 이유를 알 수 없는 위기감에 가슴 뛰는 소리가 귀에 들리고 목덜미와 뒤통수가 위로 당겨 올려지는 것처럼 곤두섰습니다. 저는 흙담 귀퉁이에 몸을 바싹 붙이고 무너져 내려앉은 틈으로 고개를 조심스럽게 내밀었습니다.

마당에는 세 명의 남자가 각기 다른 자세로 있었습니다. 먼저 눈에 띈 사람은 마당에 죽은 듯이 엎드려 있었는데 입에서 간간이 신음이 새어 나왔습니다. 다른 한 사람은 툇마루에 앉아 담배를 피우고 있었고 나머지 한 사람은 엎드린 남자 머리맡에서 기다란 몽둥이를 짚고 삐딱하게 서 있었습니다.

방문이 열리면서 한 남자가 바지를 추스르며 밖으로 나오자 툇마루에 앉아있던 남자가 담배꽁초를 마당에 던지고 방 안으로 들어갔습니다. 밖으로 나온 남자는 담배를 문 채 엎드린 남자의 머리맡에 쭈그리고 앉아 성냥을 그었고 짧은 불빛에 치곤의 얼굴이 잠깐 나타났다 사라졌습니다. 다른 이들은 아마 그 개차반과 어울려 다니는 패거리인 것 같았습니다.

구름 위를 지나던 달이 다시 나타났으나 엎드려 있는 남자의 정체를 깨닫기까지는 시간이 좀 걸렸습니다. 얼굴이 워낙 엉망이 되어 한쪽 눈과 코의 윤곽이 사라졌기 때문입니다. 그러나 곱슬한 머리카락, 두툼한 입술, 성냥 불빛 아래서도 어두운 빛깔의 피부는 바로 두호의 것이었습니다. 고개를 왼쪽으로 한 두호의 비교적 멀쩡한 눈이 떠지며 흙담으로 향했습니다. 두호는 저를 봤던 건지 눈을 껌뻑거리고 제가 있는 곳에서 시선을 거두지 않았는데 마치 도움을 구하는 것 같이 보였습니다. 저는 집으로 돌아가 아버지를 깨워야 할지, 수녀원으로 달려가야 할지 몰라 발이 땅에 박힌 듯 움직일 수가 없었습니다.

방 안에서 희미하게 연약한 짐승의 울음소리 같은 것이 들렸습니다. 분노와 두려움, 구원의 갈구, 체념과 슬픔의 의미를 모두 포함하는 기괴한 소리를 내는 존재는 제가 아는 한 딱 한 사람뿐이었습니다. 무엇에 홀린 듯 담을 돌아 집 뒤로 향했습니다. 봉창에 머리를 박고 방 안의 어둠이 눈에 익기를 기다린 지 얼마 되지 않아 서서히 안의 광경이 눈에 들어왔습니다. 낮에 제가 누웠던 누런 이부자리가 보였고 그 위에 두 사람이 있었습니다. 그것이 무엇을 의미하는지 이해하게 되자 정수리로 기다란 얼음송곳이 뚫고 들어온 것처럼 손발이 덜덜 떨리고 몸의 근육이 경직되어 움직여지지 않았습니다. 이가 부딪히는 소리가 너무 커서 두 손으로 입을 틀어막은 채 방 안에 고정된 시선을 거둘 수가 없었습니다.

그러다 경직되었던 근육이 탁 풀리며 자리에 주저앉아 버렸습니다. 불청객을 알아챈 방 안에서 “거 누고?” 날카로운 목소리가 들려왔기에 저는 죽을힘을 다해 마을로 달렸습니다. 누군가 뒤쫓아오는 느낌에 한 번도 뒤돌아보지도 못하고 조금의 속도도 줄일 엄두도 못 낸 채 집으로 향했습니다. 집 마당에 들어서서도 터질 듯한 숨을 꺽꺽 삼킨 채 담장 밑에서 집 앞의 동태를 한참이나 살펴야 했고 마침내 쫓아오는 이가 없음이 확실해지자

막혀있던 땀들이 온몸에서 폭발하듯 쏟아져 나오기 시작했습니다. 결국 저는 아버지를 깨우지도 수녀원으로 달려가지도 못했고 다만 뛰는 심장을 주체하지 못한 채 희뿌윰한 새벽에 닭 울음소리를 들어야 했습니다.

다음 날, 두호를 어떻게 볼지 걱정스러운 마음과 무사함을 확인하고 싶은 마음 두 개를 가지고 학교에 갔지만 두호는 보이지 않았습니다. 그리고 다음 날도, 그다음 날도 그는 나타나지 않았습니다. 주일날 미사를 보러 간 성당에 이상한 소문이 돌았습니다. 두호와 루시아가 사라졌다는 것입니다. 어른들은 가지고 있던 물건까지 싹 없어진 것으로 봐서 둘이 야반도주했다고 목소리를 낮춰 얘기했는데 어른들이 수군댈수록 대화의 내용은 더 선명하게 들렸습니다.

두호와 루시아가 사라진 후, 저는 그날의 장면들이 반복되는 꿈을 꾸기 시작하였습니다. 매일 같은 장면의 꿈에 초췌해가던 어느 날, 이제껏 겪어보지 못했던 이상하고 아찔한 느낌 때문에 화들짝 놀라 잠에서 깨야 했습니다. 처음 몽정을 경험하였던 것입니다. 어른들 몰래 속옷을 빨며 정욕과 도덕 사이에서 마음이 어지러웠고 머릿속에 박혀있는 루시아의 형상에 절망하였습니다. 이후에도 제 이성과는 다른 꿈을 반복해서 꿀 때마다 꿈이 남긴 흔적을 뒤치다꺼리하느라 도둑빨래를 해야 했고, 몽정 후 찾아오는 자괴감과 죄책감은 누구에게도 털어놓지 못하는 괴로움이었습니다. 인간은 인간이라는 이유만으로 죄가 있다는 것의 의미를 어렴풋하게 깨달았습니다. 제 안에 똬리를 틀고 있던 독사같이 음흉하고 사악한 생각도 결국에 제가 품은 생각이기에 저의 일부분인가 고민하였으나 아직도 저의 선함과 부정함에 대해 잘 모르겠습니다.

계절이 겨울의 문턱에 들어설 때쯤 마을의 이주도 거의 다 끝나가고 있었습니다. 수녀원도 다행히 형산강 건너 멀지 않은 곳에 새 터전을 마련하였지요. 수녀원의 이주는 두 달이 넘게 걸리는 대이동이었습니다. 우리 가족도 수녀원을 따라 이사를 하여 아버지는 원래 하던 일을 하셨고 어머니는 집과 논의 보상금으로 근처 학교 앞에 작은 분식점을 내셨습니다.

이주가 끝난 한 달쯤 뒤, 수녀원 건물을 철거하고 당산나무를 뽑는 날에 맞추어 각자 살길을 찾아 떠났던 사람들이 다시 마을에 모였습니다. 신의 성소이자 갈 곳 없는 자들의 안식처였던 공간에 작별을 고하고, 가여운 사람들 앞에 놓인 디아스포라의 운명을 위로하는 미사가 끝난 후 원장 신부님이 직접 다이너마이트 발파 스위치를 눌렀습니다. 엄청난 굉음과 함께 일어난 먼지가 한참이 지나 가라앉자 방금까지 웅장하고 견고했던 성전은

콘크리트 잔해로 변해버렸고 먼지를 뒤집어쓴 사람들의 얼굴에는 하나같이 눈물 자국이 선명하였습니다.

사람들은 수녀원을 나와 당산나무로 향했습니다. 색색의 천들과 화려한 만장이 휘날리는 나무 앞에는 제사상이 차려져 있었고 옆에는 중장비들이 대기하고 있었습니다. 미사 후 바로 이어지는 제사가 의아하시겠지만, 주일에는 미사를 드리고 조상 제사에도 소홀함이 없게 하고 큰일을 앞두고는 반드시 당산나무에 제를 올리며, 동제를 지내는 제주祭主가 되면 그해는 성당 출입을 삼가는 것이 우리 마을의 오래된 전통이었습니다. 외지 사람은 쉽게 이해되지 않는 관습이 우리 마을만의 독특한 정서였건게지요. 그러나 이러한 전통과 정서는 콘크리트 잔해에 깔리고 불도저에 밀려 산산조각이 났고 사람들은 실향민이 되어 뿔뿔이 흩어졌습니다.

이렇게 하나의 시대가 사라지고 저와 우리 가족은 새로운 환경에 적응하느라 시간 가는 줄 모르고 지냈습니다. 그러는 사이 불면의 밤을 보내야 했던 저의 부끄러움도 점점 무뎌갔습니다. 두 해쯤 뒤, 아버지께서 치곤의 주검이 제철공장 근처에서 발견되었다는 소문을 가지고 오셨습니다. 두개골이 함몰되고 얼굴을 알아볼 수 없을 정도로 폭행의 흔적이 뚜렷했지만, 평소 그의 행실에 묻혀 단순 변사로 처리되었다는 이야기를 듣고 두호와 루시아가 생각나 다시 복잡해졌던 심사는 이틀을 채 넘기지 못하였습니다.

신부님, 제가 다시 두호와 루시아를 떠올린 것은 단지 창식 때문만은 아닙니다. 제가 잡혔던 그날, 택시 뒷자리에 올라 급하게 목적지를 댄 후 거울을 통해 본 기사는 갈색 피부에 곱슬머리, 넓은 어깨와 두꺼운 입술을 가졌습니다. 그가 골목골목을 누비며 검문을 피하는 동안 어떤 말이라도 먼저 붙여봤어야 했는데 저는 그만 한마디의 대화도 시도하지 못했습니다. 제가 갈피를 못 잡는 사이 택시는 야속하게도 목적지에 도착하였고 그때만큼은 그의 재빠르고 노련한 운전 실력이 야속하게 느껴졌습니다.

택시비를 치르고 약속 장소로 가다 뒤를 돌아보니 택시는 사라졌습니다. 그때부터 머릿속에서 뭔가가 한 줌 빠져나간 느낌이 계속되었습니다. 학생들과 대화를 나누는 중에도, 형사들에게 붙잡혔을 때도, 여기저기를 거쳐 이곳에 다다르는 동안에도 헛헛한 기분이 사라지지 않았습니다. 독방에서는 공허함이 몸집을 키워 저를 잡아먹으려 하였기에 컴컴한 낮과 하얀 밤을 보내야만 했고 창식을 만나고 나서 그것의 실체가 공허함이 아닌 잊고 있었던 부끄러움이라는 것을 알게 되었습니다.

어룡이 놀았다는 하얀 모래밭은 이제 회색 콘크리트 바닥이 되어 검은 쇳가루가 흩날리고 있습니다. 아름드리 높은 소나무 숲이 만들어주던 깊은 그늘은 굴뚝들이 검은 구름을 뿜어 푸른 하늘을 가리는 것으로 대체되었습니다. 마을 앞에 펼쳐져 있던 논밭은 공장 건물이 차지하였고 당산나무가 서 있던 곳은 육 차선 도로가 되어 무거운 쇳덩어리들이 속도를 다툽니다. 그리고 수녀원 자리에는 용광로가 엄청난 쇳물을 쉼 없이 토해내고 있습니다. 다만 육지로 움푹 들어온 바다만이 원래의 모습을 간직하고 있을 뿐, 제 고향은 이제 이 세상에 존재하지 않습니다.

저 또한 그 시절의 기억만을 간직하고 있었을 뿐, 부끄러움은 옅어져서 정상적인 욕망이라는 뻔뻔함으로 대체되었고 죄책감은 자기합리화로 변질되어 사라졌습니다. 제 안의 부끄러움과 죄책감은 덮어둔 채 조국의 민주화를 위한 고귀한 가시밭길을 가고 있다고 치부하고 있었던 것입니다. 이런 제가 순결한 열사의 뜻을 이어받는다고 하였습니다. 청년들의 맑은 눈을 바라보며 정의를 이야기하였습니다. 군부독재를 끝내자고 목에 핏대를 올리며 거리로 나갔습니다.

그날 밤, 제가 수녀원으로 달려갔더라면 두호와 루시아는 수녀원을 떠나지 않았을지도 모르겠습니다. 마을로 달려가 아버지를 깨웠더라면 치곤 패거리의 죄악을 멈출 수 있었을 것입니다. 하다못해 그 자리에서 잡히기라도 하였다면 최악의 상황까지는 가지 않았겠지요. 저는 제게 주어진 선택 중 가장 비겁한 길을 선택함으로써 두호와 루시아의 인생을 망가뜨린 것입니다. 아, 두 사람도 지켜주지 못한 제가 조국을, 민족을, 민주를……!

택시를 운전하던 이가 두호였기를 간절히 바랍니다. 서울 하늘 아래서 선량한 시민으로 살아가고 있기를…… 그러나 한편으로 두호가 아니었기를, 이 땅을 떠나 차별 없는 곳에서 그의 뜻대로 살아가고 있기를 바랍니다. 그곳에서 루시아도 아픈 기억을 어루만지며 평안을 얻었기를…….

그러므로 신부님, 저는 저의 죄를 신부님께 고백함으로써 하느님께 닿기를 바라며 다음과 같이 기도드립니다.

하느님, 제가 죄를 지어 참으로 사랑받으셔야 할 주님의 마음을 아프게 하였사오니 악을 저지르고 선을 소홀히 한 모든 잘못을 진심으로 뉘우치나이다.

전능하고 영원하신 하느님 아버지, 하느님께서는 갖가지 은혜로 저희를 지켜주시니 주님께 애원하는 저의 기도를 들으시어 남두호 베드로와 길선희 루시아에게 구원과 축복을 내려주소서.

주님의 손으로 일으켜주시고 주님의 팔로 감싸주시며 주님의 힘으로 굳세게 하시어 그 두 사람 더욱 힘차게 살아가게 하소서.

성부와 성자와 성령의 이름으로 아멘.

문서정

전북일보와 전북도민일보 신춘문예에 각각 수필이, 2015년 불교신문 신춘문예에 단편소설이 당선되어 작품 활동을 시작했다. 2015년 에스콰이어몽블랑문학상 소설 대상, 2016년 천강문학상 소설 대상, 2020년 스마트소설 박인성문학상을 수상했다. 2018년 아르코문학창작기금, 2022년 아르코문학창작기금(발표지원)을 수혜했다. 소설집 『눈물은 어떻게 존재하는가』(2020, 문학나눔 선정도서)가 있다. 앤솔러지 『나, 거기 살아』(2019), 『여행시절』(2021), 『당신의 가장 중심』(2021)을 함께 썼다.

[작가 노트]

작은 것을 위하여

나는 매일 늦은 오후에 산책을 합니다. 종일 종종거리며 집안일을 하거나 수업 준비를 하거나 컴퓨터 자판을 두드리다 저녁이 오기 전에 동네를 한 바퀴 천천히 도는 것이지요. 내가 사는 동네는 산으로 둘러싸여 있어 어디를 봐도 푸르러 눈이 편안합니다. 어떤 날은 뜻한 대로 글이 잘 흘러갑니다. 또 어느 날은 종일 자판을 두드렸지만 문장과 문장 사이를 갈팡질팡만 하다가 한 문장도 건지지 못하고 산책길에 오를 때가 있습니다. 그런 날 노을 앞에 서면 나도 모르게 눈물이 납니다. 늦은 오후의 구름이 흘러가고, 나뭇잎을 떨어뜨리고 불어온 바람이 내 머리카락을 흩트리며 지나가고, 얼룩덜룩한 풀벌레 한 마리가 길 이쪽에서 저쪽으로 기어가고, 감귤 빛 노을이 산을 넘는 동안 빈 문장만 나뭇가지에 걸어두고 어둑신한 길을 따라 집으로 향하는 내가 초라하고 측은하기 때문입니다. 내 작은 문장으로는 어떤 소설도 쓸 수 없지 않을까 두렵기 때문입니다.

그렇다면 작은 문장으로도 쓸 수 있는 것들이 있지 않을까. 나는 걸음을 멈추고 곰곰 생각에 잠깁니다. 나처럼 작은 사람들, 희미한 것들, 어눌한 목소리들에 귀 기울여서 그들의 이야기를 간신히, 간신히 말하는 작가가 되어도 괜찮지 않을까. 그렇게 스스로 위로하고 나서야 울음이 잦아듭니다. 울음을 멈추자 문장들이 조금씩 돋아나기 시작합니다. 나는 놀라움과 반가움으로 그 문장들을 놓칠까 봐 조심스럽게 받아 적습니다.

「누가 불의 게임을 하는가」는 저무는 저녁에 지는 노을을 바라보며 울음을 삼키고 있을 때 내게 와준, 한 작은 아이에 대한 이야기입니다. 그러니까 노을 속에서 쓰인 이야기이지요. 작은 문장을 쓰는 내가 그 여린 아이를 껴안았을 때, 문장들이 봄볕처럼 내게 쏟아졌습니다. 나는 소설 속 그 아이가 나뭇잎이 구르는 모습을 보면서 까르르, 까르르 별처럼 눈부신 웃음을 지었으면 좋겠습니다.

나는 앞으로도 산책길에 종종 내 작은 문장들을 생각하며 슬픔과 적막감에 휩싸이겠지요. 그 슬픔과 적막감 속에서 한 줄 한 줄 글을 쓰려고 합니다. 그런 이야기들은 내가 존재하지 않는 시간에도 남아 나보다 더 긴 생을 살 것이라 믿습니다.

누가
불의 게임을
하는가

방

처음에 나는 그 사진 속 인물이 해수라고 생각하지 못했다. 아파트 엘리베이터 안 벽보에 붙은 CCTV에 찍힌 사진을 보고 사진 속 인물이 해수일 거라고 어떻게 알 수 있었겠는가. 그러나 나는 두 번째 벽보를 본 순간 해수일지도 모른다는 불안감이 들었고, 세 번째로 봤을 때 해수라고 확신했다.

퇴근해 집으로 올라가는 엘리베이터 안에서, 그 컬러 벽보 사진을 다시 마주쳤을 때 오늘은 기필코 해수에게 물어보고 말리라 결심했다. A4용지 제일 윗줄에는 "**긴급 공지문: 방화범을 찾습니다**"라는 문구가 굵은 고딕체로 씌어있었다. 그 아래로 방화 장면, 발화 중, 소화 장면, 피해 상황을 담은 사진 네 장이 실려있었다. 방화 장면 사진에는 발목까지 오는 검정색 롱 패딩을 입고 패딩 모자를 쓴, 초등학생 정도의 체격을 가진 사람이 무언가를 휙, 정원수와 잔디밭으로 던지는 모습이 찍혀있었다. 사진 아래에는 **"3월 25일 오전 1시 53분경 1게이트 뒤쪽 놀이터에서 화재가 발생함. 방화범을 아는 사람은 아파트 관리사무실이나 경찰서로 신고해 주십시오"**라고 적혀있었다.

나는 아파트 현관문을 열기 전에 깊은숨을 들이쉬었다 내뱉었다. 해수는 자신의 방 책상 앞에 앉아있었다. 현관문을 여닫는 소리가 들렸을 텐데도 방에서 나오지 않았다. 해수는 항상 그랬으니까 크게 이상할 것도 기분 나쁠 일도 아니었다. 그러나 방화범이 해수일지도 모르겠다는 생각을 하니 그 아이와 간신히 이어져 있던 무언가가 툭, 하고 끊어지는 것 같았다.

나 혼자 살고 있는 아파트에 해수가 온 것은 3월 개학을 며칠 앞둔 날이었다. 저녁을 먹고 있는데 초인종 소리가 났다. 현관문 비디오폰을 보려고 일어서는데 휴대전화가 울렸다. 엄마였다. 네 육촌 동생이 곧 갈 거야. 이름은 조해수. 당분간 네 집에서 지내야 해. 설명은 내일 할게, 하고는 엄마는 먼저 전화를 끊었다. 무슨 영문인지 이해가 되지 않았다. 내게 한마디 말도 없이 육촌 동생이라는 아이를 집에 들이라고 하다니. 나는 여태 육촌 동생이라는 아이의 존재를 한 번도 떠올려본 적이 없었다. 엄마에게서 두어 번 그 아이 얘기를 들은 기억이 있지만 귓등으로 들어서인지 이야기는 휘발되고 남아있지 않았다. 엄마는 무슨 일이든 일방적으로 진행하지. 휴, 짜증이 섞인 긴 한숨이 저절로 나왔다. 초인종이 계속 울려 문을 열었다. 키가 작은, 고등학생으로 보이는 여자아이가 제 등짝보다 배로 큰 백팩과 보스턴 여행 가방 하나를 가지고 서 있었다. 어쩔 수 없이 나는 그 아이를 집에 들였다.

다음 날, 좀 일찍 퇴근해서 엄마가 일하는 K 유적지 사무실로 찾아갔다. 나와는 한마디 상의도 없이 엄마 집이 아닌 내 집으로 해수를 밀어 넣은 사실을 받아들일 수 없었기 때문이었다. 이건 전화로 따질 문제가 아니었다.

“은혜 이모 기억나니? 은혜의 딸이 해수야. 해수와 너는 육촌지간이고. 해수는 올해 고등학교를 졸업했어. 서울에서 대입 학원 다닐 거란다. 주연이 너는 은혜를 이모라고 불러야 하고, 해수는 나를 이모, 주연이를 언니, 라고 부르면 돼.”

엄마가 서로의 호칭과 촌수에 대해 부산스럽고 길게 소개했지만 나는 그런 것은 궁금하지 않았다. 단지 해수라는 아이가 왜 내 집에서 당분간 지내야 하는지 그 이유가 알고 싶었다.

엄마가 작년에 김 교수라는 남자를 집으로 데리고 와 함께 살겠다고 선언한 날, 나도 엄마에게 집에서 독립하겠다고 말했다. 불과 십 개월 전까지 아버지와 함께 살았던 집에서 엄마의 남자와 단 하루도 함께 있고 싶지는 않았다. 엄마는 그를 꼬박꼬박 김 교수님이라고 불렀는데 오래전, 그러니까 엄마의 남자가 삼십 대 때, 지방의 어느 대학교에서 강사 생활을 했다는 게 그 이유였다. 나는 독립을 선언한 후, 작은 아파트를 월세로 얻어 혼자 살게 되었지만 쓸쓸하지도 않았고 집 안에 적막감이 돌지도 않았다. 먼 친척에게 방 하나를 세놓을 만큼 궁핍하지도 않았다. 그렇다고 방 하나를 누구에게 그냥 내어주고 챙길 만큼 여유로웠다는 말은 아니다. 돌아가신 아버지가 받던 공무원 연금의 절반이 매달 엄마의 계좌로 또박또박 입금되어 엄마를 경제적으로 부양해야 할 일은 없어 그나마 다행이었다. 엄마는 문화유산 해설가로 활동하며 용돈 정도는 손수 해결했는데 엄마의 남자(나는 그 남자를 그렇게 명명했다)와 함께 살고 있는 마당에 내가 엄마를 걱정할 일은 없었다.

글쎄, 엄마에 대해 말하라고 한다면, 나는 엄마에게 좀 불편한 감정을 갖고 있다. 그건 아버지가 돌아가시고 난 뒤에 생긴 감정들이었다. 아버지가 돌아가신 지 일 년도 되지 않아 다른 남자와 사실혼 관계가 된 엄마를, 아버지의 연금을 계속 타기 위해 혼인신고는 일부러 하지 않은 엄마를 담담하게 대할 수는 없었다. 아버지는 폐암으로 팔 개월 동안 투병 생활을 하다 돌아가셨다. 엄마는 그때 아버지가 입원해 있던 병원에서 엄마의 남자를 만났다. 그 남자는 병원에 어머니가 입원해 있던 처지 였다.

"처음엔 해수가 우리 집에 와서 지내기로 했는데 내가 재혼한 거 알고는 은혜가 안 되겠다고 하더라. 그러니 네가 수능시험 칠 때까지만 좀 데리고 있어줘. 해수가 곧 대입 학원 등록한다고 했으니 집에서 서로 볼 일도 없을 거야."

엄마는 말을 마치자마자 내 기색을 살폈다. 왜 내가 그래야 해? 라는 표정으로 나는 엄마를 쳐다봤다.

"너는 교사라는 사람이 어찌 그리도 차갑니? 해수도, 해수 동생 민혁이도 다 딱한 사정이 있어."

엄마가 미니 냉장고에서 캔 식혜를 하나 꺼내 내게 건넸다.

"네 아빠 병원 계실 때 은혜가 병원비 보태라고 돈 봉투를 몇 번이나 놓고 갔어. 예전엔 은혜 아버지가 매년 농사지은 쌀을 우리 집에 한 가마니씩 보내줬고. 은혜 아버지가 농사지을 때까지 쌀을 보내왔으니 몇십 년 동안 그렇게 해온 거야. 요즘 생각해보니 그런 일, 아무나 할 수 있는 것도 아니더라. 그게 내내 고맙더라고."

엄마가 옛 생각에 잠긴 듯이 눈을 반쯤 감은 채 창문 너머를 바라보며 말했다. 창문 너머로 외국인 관광객 무리가 매표소 쪽으로 걸어오는 게 보였다. 엄마는 관광객을 맞을 채비를 하는지 자리에서 일어섰다.

"그건, 엄마 일이고. 기숙학원이라는 데도 있는데 왜 내 집으로 보낸 거야? 은혜 이모네 공장 잘된다면서? 공장 바로 옆에 전원주택도 크게 지었다면서? 그런데 딸한테 오피스텔 하나 사 줄 형편도 안 돼?"

뾰족한 어투로 엄마에게 대들다시피 물었다.

"너도 참, 은혜가 해수를 혼자 두기는 마음이 놓이지 않는대. 은혜가 해수도 자기도 절벽 앞에 서 있는 기분이라고 하더라."

나는 더 이상 엄마에게 따지지 않았다. 그제야 무슨 상황인지는 알 수 없지만 절벽 앞에 서 있는 사람의 심정이 어떨까, 하는 생각이 들었다.

해수는 노트북 자판을 두드리다가 방문 앞에 서 있는 나를 물끄러미 바라보았다. 이내 고개를 노트북으로 돌렸다. 해수는 언제나 저런 식이었다. 말수가 적었고 표정이 없었다. 편의점에 가는 일 외에는 집 밖을 거의 나가지 않았다. 불안에 밴 눈빛을 감추기 위해서는 아예 표정을 지워버리는 게 낫다고 생각한 건지도 몰랐다. 해수는 노트북에 시선을 고정한 채, 밥하고 김치찌개 해놨어요, 하고 말했다. 어느 대학이든 동아시아학부로 합격하는 대로 가겠다는 그 아이는 다음 달인 6월부터 대입 학원에 다닐 거라고, 그동안은 인터넷 강의만 들을 거라고 했다. 그래, 곧 하루 세 끼 식사를 학원 구내식당에서 하고, 밤 열한 시가 넘어 집에 올 텐데 부딪힐 일이 거의 없겠지. 못마땅해도 조금만 참자는 생각이 들었다. 혹, 그저께 새벽에 나갔다 들어왔니? 그 시간에 어디 갔었던 거야? 편의점 갔었던 거야? 엘리베이터에 붙은 방화범 사진을 봤니? 하고 다그치듯 물어보지 않았다. 어차피 해수는 대답하지 않을 테니까. 내 방으로 들어와 길고 깊은숨을 들이쉬었다. 그 애가 오고부터 평온했던 일상에 조금씩 균열이 생기고 있었다. 나는 고등학교 교사라는 내 직업에 만족했고, 엄마가 다른 남자와 동거에 들어간 상황도 어쨌든 받아들이기로 했다. 남자 친구인 상훈과는 순조롭게 결혼까지 이어질 듯했다. 걱정거리라고는 담임을 맡은 학반 아이들의 성적이 좀 올라줬으면 하는 바람밖에 없었다. 해수가 오고부터는 상훈과 전화하는 시간도, 주말에 개그 프로그램을 보며 혼자 웃음보를 터뜨리는 일도 줄었다. 수험생이 제 방에서 꼼짝 않고 있으니 집안 분위기는 점점 가라앉았다.

해수와 둘이 식탁에 앉았다. 해수가 끓인 김치찌개는 기대 이상으로 맛있었다. 내가 퇴근이 늦을 때면 해수는 냉장고에 있는 재료로 간단히 저녁상을 차려놨다. 오늘은 김치찌개였다. 그저

께는 김치볶음밥이었다. 지난주에는 내내 달걀 요리를 했다. 달걀을 넣은 볶음밥, 달걀국, 달걀말이를 식탁에 한꺼번에 내놓은 날도 있었다. 해수는 어느 한 곳에 꽂히면 거기에만 집중하는 성향인 것 같았다. 내가 찌개 국물을 숟가락으로 떠먹으며 앞으로는 저녁 준비하지 마. 퇴근이 늦으면 내가 간단히 사 올게. 수험생인데 시간을 아껴 써야지, 하고 말했다. 해수는 그제야 가볍게 네, 하고 대답했다. 나는 밥을 먹는 내내 해수의 왼쪽 팔목에 신경이 쓰였다. 팔목 안쪽에 작은 타투가 보였다. 그것은 검푸른 볼펜 같은 것으로 가로로 일직선을 그려나가다 가장자리에 작은 나뭇잎을 그려 넣은 것 같은 모양이었다. 그 나뭇잎이 무엇을 가리기 위해 그 자리에 있는지 알 것 같았다.

해수는 저녁 식사를 마치고 검정 비니를 쓴 후 모자가 달린 검정 롱 패딩을 입고서 현관문을 열고 나갔다. 아마도 담배를 피우러 나가는 것 같았다. 3월의 끝자락이었지만 밤에는 바람이 겨울처럼 찼다. CCTV에 찍힌 인물도 롱 패딩 모자 안에 비니 같은 모자를 쓰고 있었다. 나는 빈 그릇을 개수대에 넣어놓고선 외투를 입고 따라나갔다. 해수가 담배를 피운다는 사실을 안 것은 해수가 우리 집에 온 지 이 주가 되어갈 무렵이었다. 어느 날 욕실 청소를 하던 중 생리대 함 속에서 담배와 라이터를 발견했다. 해수가 가끔 편의점에 간다고 나갈 때는 담배를 피우러 간다는 사실을 그제야 알았다. 스무 살이 되었으니 내가 상관할 일이 아니었다. 그렇지만 해수가 일부러 불을 질렀는지에 대한 문제는 그냥 넘어갈 수 없었다.

해수는 놀이터의 데크 벤치에 앉아 담배를 피우고 있었다. 해수 옆에 앉은 나는 담배와 라이터를 찾는 시늉을 하며 외투 주머니를 뒤적이고 있었다. 해수가 담배와 라이터를 건네며 나를 여태 감시하고 있었어요? 하며 나를 빤히 쳐다봤다. 나는 담배를 한 모금 들이키며 감시는 무슨, 담배 생각이 나서 따라나왔어, 하며 어깨를 조금 으쓱거렸다. 그건 평소에는 잘 하지 않는 행동으로 겸연쩍은 일을 할 때면 나도 모르게 나오는 동작이었다. 왜냐면 나는 대학생 때 잠시 담배를 피운 경험을 제외하고는 담배를 가까이한 적이 없기 때문이었다. 더군다나 애연가였던 아버지가 폐암 판정을 받은 뒤로는 흡연은 생각조차 하지 않았다. 담배 한 개비가 다 타들어 가고 있을 때 별 의미 없이 물었다.

"우리 집에서 지내는 게 불편하진 않아?"

"언니가 더 불편하겠죠."

내 말이 끝나기가 무섭게 해수가 대답을 했다.

"아니, 그런 뜻으로 물은 건 아니야."

"언니가 궁금한 건 그게 아니라 내 손목의 타투 아니에요? 재는 왜 스스로 손목을 그었을까, 하고. 언니도 내가 겪는 불행이 궁금한 것뿐이잖아요. 언니에게 그런 일이 닥치지 않아서 안도하는 거고요."

해수는 화가 난 어투로 빠르게 쏘아댔다. 나는 갑작스럽게 들어오는 잽을 방어할 틈도 없이 고스란히 얻어맞은 사람처럼 정신이 얼얼했다. 그것보다도 해수가 이렇게 말을 거침없이 할 줄 안다는 사실이 더 놀라웠다. 그러니까 해수는 상대방이 방어할 틈을 주지 않고 속사포로 자신의 의견을 관철하는 방식을 쓰고 있었다.

"너는 원래 말을 그렇게 공격적으로 하니?"

해수의 당돌한 말투에 기분이 상했다. 아무한테나 손톱을 세우며 달려드는 것 같았다. 해수와 이런 문제로 다투고 싶지 않았다. 어쨌거나 이 난처한 상황을 벗어나고 싶어, 그만 들어갈게, 하고 일어섰다. 해수는 다 피운 담배를 놀이터 바닥에 거칠게 던지더니 발로 두세 번 짓밟았다. 두 손을 패딩 호주머니에 찔러넣고서 아파트 단지 안쪽으로 걸어갔다. 나는 아파트 방화 사건은 꺼내지도 못한 채 그 애의 뒷모습만 바라봤다.

그 후로 해수와는 별다른 대화를 나누지 못했다. 어차피 잠시 머물다 갈 먼 친척이었다. 해수가 아파트 방화범일 거라고 확신한 데는 몇 가지 이유가 있었다. 엘리베이터의 사진 속 방화범의 체격이나 옷차림이 해수와 거의 비슷했다. 해수는 155센티미터 정도의 작은 키에 마른 체형이었는데도 늘 제 몸에 맞지 않는 큰 옷들을 입었다. 티셔츠는 제 아버지나 남동생 것을 입은 듯 헐렁했고 검정 롱 패딩은 거의 발목까지 올 정도로 길었다. 아이들의 부모라면 자식에게 보온성이 떨어지게 그렇게 큰 사이즈를 입히지 않을 것이다. 또 해수는 외출할 때 꼭 긴 머리를 비니에 쑤셔 넣고 그 위에다 패딩에 부착된 모자를 썼다. 가까운 편의점에 가는데도 늘 그런 차림새였다. 더군다나 방화 장소는 그 애가 자주 흡연하는 놀이터와 가까웠다. 만약 해수가 방화를 했다면 고의였는지, 부주의였는지가 궁금했다. 그 뒤로 해수는 바로 대입 학원에 등록했기 때문에 좀체 집에서 부딪힐 일이 없었다.

상훈과의 관계가 묘하게 틀어지고 있다는 것을 느낀 것은 가을에 접어들 무렵이었다. 해수는 수능시험을 두 달 앞두고 있었고 엄마는 엄마의 남자와 행복한 시간을 보내느라 내가 연락을 해도 건성으로 몇 마디를 하고는 먼저 전화를 끊었다. 상훈이 또 데이트 약속을 다음으로 미루자는 카톡 메시지를 보내왔다. 벌써 세 번째였다. 세 번 다 언제나 갑작스럽게 약속을 파기했다. 이번에도 갑자기 중요한 일이 생겼다는 말 외에는 어떤 설명도 없었다.

메시지 알람 소리에 잠에서 깼다. 창밖을 보니 까맣게 어두웠다. 상훈이 보낸 문자였다. 상훈이 오늘 약속을 취소한 게 미안해서 보낸 건가 여겼다. 졸음이 묻은 몸짓으로 카톡 메시지 함을 열자 그만 헤어지자. 더 이상은 안 되겠어, 라는 문장이 튀어나왔다. 내게 시선을 맞추며 "네가 없으면 내 인생이 무슨 의미가 있을까?"라는 말로 자주 나를 감동시키던 상훈이 보낸 문자가 맞나 싶어 여러 번 눈을 비비고서 보고 또 보았다. 대체 무슨 말이야? 어떤 의미야? 하고 문자를 보냈지만 답이 없었다. 상훈에게 전화를 걸었지만 휴대전화 전원은 꺼져 있었다. 때마침, 대학 동기인 H가 문자를 보내왔다. 상훈과 H가 단둘이 와인을 마시고 있는 사진이었다. 둘이 아주 친밀해 보였다. 둘 다 서로를 바라보며 미소 짓고 있었다. 둘이 왜 만났을까? H는 대학 동기들끼리 매달 만나는 모임의 회원이었다. 언젠가 그 모임에 상훈을 데려가 소개한 적이 있었다. 시계는 열두 시를 가리키고 있었다. H가 메시지를 한 통 더 보내왔다. "미안하다. 상훈 씨와 다음 달에 결혼해" 대체 무슨 말을 하는 거야. 이게 무슨 말이야, 하고 메시지를 보냈지만 H에게서는 더 이상 답이 오지 않았다. 연인과 친구가 연이어 훅 날린 어퍼컷에 영문도 모른 채

KO 패를 당한 기분이었다. 입술이 파르르 떨렸다. 속에서 불길이 치솟았다. 숨이 제대로 쉬어지지 않아 좁은 방 안을 왔다 갔다 했다. 나는 니트 카디건을 걸치고 해수가 화장실에 숨겨둔 담배와 아버지가 평소 아꼈던 지포라이터를 급히 쥐고서 현관을 나갔다. 아파트의 후미진 곳을 찾아 나무에 등을 기대고 담배에 불을 붙였다. 멍하니 어딘가를 바라보며 담배 두 개비를 연달아 피웠다. 담뱃갑에는 더 이상 담배가 없었다. 빈 담뱃갑을 손에 쥐고 우그러뜨렸다. 이게 무슨 일인지, 상훈과 언제부터 어긋났는지, 상훈이 원래부터 그런 사람이었는지는 알 수 없었다. 두 손으로 얼굴을 감쌌다. 등을 나무에다 텅, 텅, 소리 나게 찍었다. 인기척을 느껴 뒤를 돌아보았다. 해수가 이쪽으로 걸어오고 있었다. 해수가 바지 주머니에서 담배 한 갑을 꺼내어 내 손에 쥐여주며 말했다. 필요한 만큼 사용하고 나머지는 내가 보관해 둔 장소에 갖다 두세요. 나는 말없이 담배를 한 개비 꺼내 입에 물었다.

"무슨 일 있어요?"

"……."

"이모한테 무슨 일 생겼어요? 아님, 언니가 남친을 뺏겼어요?"

"너는 애가……."

"안 그러면 언니가 이럴 일 없잖아요. 나는 화가 나면요, 내가 나를 어찌할 수 없을 정도로 분노가 치솟으면요, 세상에다 엿을 먹여요. 나는 아무 잘못을 저지르지 않았는데 세상이, 사람들이 나를 괴롭힐 때 말이에요. 그럴 땐, 혼자 게임을 해요. 불의 게임을요."

나는 불의 게임이 뭐냐고 묻는 듯이 해수를 쳐다봤다.

"타다 남은 담배꽁초를 아무 데나 버리고선 아침에 화재가 났나, 안 났나 확인하는 게임이에요. 불이 났으면 지는 거고, 불이 나지 않았으면 이기는 거예요. 심장이 쫄깃해지고 통쾌한 게임이죠. 내가 가해자가 될 수 있다는 게 믿을 수 없을 정도로 짜릿해요. 여태 한 번도 큰불이 난 적 없었어요. 불이 나면 지는 거니까 바람이 심하게 불거나 건조한 날에는 게임을 안 해요. 그래도 불이 날 때가 있지만 기껏해야 그 주변을 좀 태우는 정도에요."

나는 마음 한 녘에서 뭔가 쿵, 하고 떨어지는 소리를 들었다. 몸에서 힘이 빠져나가고 있다는 걸 느꼈다. 지난번 아파트 방화범은 해수가 맞았다. 그렇다면 이제 스무 살이 된 해수가 어쩌다 방화범이 되었을까.

"왜 그런 위험한 게임을 하는 거야? 그건, 네 고통을 덜려고 남에게 피해를 주는 거잖아!"

나는 담배를 입술에 갖다 대며 약간 떨리는 목소리로 물었다.

"불 속에라도 뛰어들고 싶은데 그럴 용기가 없어서요."

"그럴 땐 말이야, 그럴 땐…… 불의 게임을 하고 싶다는 욕망이 들끓을 땐 차라리 다른 걸 한번 해봐."

해수가 어떤 거요? 하는 눈빛으로 나를 올려다봤다.

"음…… 차라리…… 차라리…… 그냥 허공에다 대고 라이터를 켜. 지금 한번 해볼게."

나는 지포라이터를 호주머니에서 꺼냈다.

"이렇게 라이터 부싯돌을 탁, 튕겨 불꽃을 낸 뒤에는 뚜껑을 딱, 소리 나게 닫아. 계속 반복하면서 내 인생은 절대 시시하지 않다고, 누구도 나를 함부로 하지 못한다고 소리쳐봐. 한동안 그렇게 탁, 딱, 하면서 소리치다 보면 분노가 좀 사그라지지 않을까."

해수는 나를 한동안 어이없다는 듯이 쳐다보다가 푸하하 웃음을 터뜨렸다. 왜? 왜? 하며 내가 물었다. 해수는 손으로 배를 잡고서 고개를 숙인 채 웃었다. 그러더니 내게 절망적인 울음을 토해내든지 혼자 부싯돌을 튕기든지 하라며 자리를 비켜주었다. 나는 아파트 단지 안쪽으로 멀어지는 해수의 모습을 지켜보았다. 그제야 눈에서 하염없이 눈물이 쏟아져나왔다.

상훈의 일방적인 이별 통보 메시지를 받고 일주일 뒤에서야

"나도 너에게 이별 통보를 한다"는 문자메시지를 보냈다. 상훈이 나와 동시에 만나고 있던 여자가 내 친구가 아니었다면 어쩌면 나는 이별 통보를 유보했을지도 모르겠다. 당당하게 통보한 것과는 반대로 나는 밤마다 아파트 놀이터나 산책로를 서성거렸다. 불면에 시달리다 병원에서 처방해준 약을 먹고서야 잠드는 날이 잦았다. 불길 속으로 뛰어든다 한들 내 안의 불기를 잠재울 수 없을 정도였다. 엄마와는 점점 전화하는 횟수가 줄어들다 거의 서로 연락을 하지 않은 상태가 되었다. 내가 전화를 할 때마다 엄마는 바쁘다며 다음에 얘기해, 하며 먼저 끊었다. 오늘 기껏 통화가 됐지만 오래 통화를 할 시간이 없다며 용건만 빨리 말하라고 했다. 태국으로 여행을 간다고 짐 가방을 싸다가 전화를 받는다면서 헉헉 숨소리를 냈다. 내가 비집고 들어갈 틈이 없었다.

자정쯤 침대에 누웠다가 얼마 지나지 않아 일어났다. 잠이 오지 않았다. 약을 먹고 자야겠단 생각에 물을 가지러 부엌으로 갔다. 마침 정수기에서 물을 받고 있던 해수가 냉장고 문을 열더니 와인 한 잔을 따라주었다.

"이걸 마셔요. 약은 그만 먹고요."

나는 해수를 빤히 봤다. 해수도 나를 쳐다봤다. 해수의 눈빛이 모래처럼 버석거렸는데 내 눈빛도 마찬가지일 거라는 생각이 들었다.

"며칠 남았니? 수능일까지."

"수험생에게 그런 질문은 예의가 아닌 거 알죠? 지금 언니 눈빛엔 분노가 너무 많아요. 우리 지금 밖으로 나가요. 와인병을 깨서 흔들며 악을 써보자고요. 그러곤 라이터를 소리 나게 튕겨보자고요. 언니는 어차피 불의 게임은 못 할 거잖아요."

그럼 그렇지. 입을 열면, 단 한마디도 지지 않는 게 해수지. 해수다운 거지. 나는 해수가 제의한 대로 하지 않았다. 술병을 깨서 흔들며 악을 쓰지 않았다. 대신 조용히 내 방으로 건너와 해수가 건네준 와인을 조금씩 천천히 마셨다. 침대에 누웠지만 창밖이 희부예질 때까지 잠이 오지 않았다. 해수의 방문을 조용히 열었다. 해수는 자궁 속 태아처럼 온몸을 잔뜩 둥글게 만 채 잠들어있었다.

태국 여행에서 돌아와 내 집에 들른 엄마는 이상하게 들떠있었다. 빠똥 해변의 에메랄드빛 바다가 정말 좋더라. 푸껫의 대표 해변이랄 수 있지. 백사장은 깨끗하고 모래는 밀가루를 뿌려놓은 것처럼 고왔어. 열대의 푸른 낙원이지, 하며 식탁에서 푸껫 이야기를 내내 했다. 해수는 유독 귀 기울여 그 이야기를 들었다. 엄마에게서는 묘한 분위기가 느껴졌다. 처음엔 그 기묘한 느낌이 무엇인지 몰랐는데 얼마 후에야 알아챘다. 여자 냄새. 바로 그 냄새였다. 폐경이 된 엄마에게서 여자라는 느낌을 받다니……. 씁쓸했다. 아버지의 두 번째 기일이 다가오고 있었지만 엄마는 아버지의 제사에 대해서는 한마디도 언급하지 않았다. 아버지를 생각하면 엄마에 대해 분노의 감정이 몰려왔다. 저녁 식사를 마치고 엄마를 배웅한 뒤, 나는 아파트 놀이터로 나왔다. 10월 하순의 밤 공기는 제법 쌀쌀했다. 툭툭한 스웨터의 앞자락을 여미고 데크 벤치에 앉았다. 나도 모르게 깊은 한숨이 새어 나왔다. 언제 왔는지 해수가 옆에 와있었다.

"무슨 일 있어요? 요즘 언니 모습이 어떤지 모르죠? 보는 사람이 다 불안해요."

"무슨 일이야 늘 있지. 다 사람 사는 일이지 뭐."

"나는 대학을 졸업하고 직장 생활을 하다가 돈이 좀 모이면 사라질 거예요. 흔적도 없이요. 아무도 모르는 데 가서 살 거예요."

"왜 굳이 아무도 모르는 곳이야? 아름다운 곳이 얼마나 많은데."

"사람들이 잘 모르는 곳요. 가족들이 사는 곳에서 가장 멀리요……."

해수의 그 말은 묘하게 나를 진정시켰다. 그날 밤, 나는 해수에게서 처음으로 친밀감을 느꼈다. 서른 살이 넘은 나도 엄마에게서 남자 친구에게서 받은 상처로 몸부림치는데 저 작은 아이는 어떻게 그걸 견디고 있는 걸까. 해수가 더 이상 껄끄러운 동거인으로 느껴지지 않았다.

해수가 대입 수능시험을 치르고 난 뒤의 주말이었다. 그날은 해수의 스무 번째 생일이었다. 생일 축하 음식을 차린다고 해수와 마트에서 한 시간 넘게 장을 봐서 돌아오던 길이었다. 집으로 오기 전에 근린공원 근처에 차를 대고 잠시 걸었다. 어둑어둑해진 길을 걸으며 겨울로 들어서는 늦은 가을은 얼마나 멋진가를 생각했다. 해수와 함께 산책을 한 것은 처음이었다. 어디에선가 때 이른 캐럴이 들려왔다. 나는 요즈음 열다섯 살 때만큼이나 세상이, 사람이 두렵고 막막했다. 불안감을 엄마에게 토로할 수도 없었다. 그때 해수가 당돌하게 물었다.

"언니는 요즘 이모에게 화가 많이 나 있는 것 같아요."

내가 대답을 하지 않자 해수는 어서 대답하라는 눈빛으로 나를 빤히 쳐다봤다.

"맞아. 엄마를 이해해보려고 하지만 잘 되지 않아. 남처럼 느껴져."

"나도 아주 가끔은, 아빠를 이해해보려고 해요. 아빠도 할아버지한테 엄청 맞으면서 컸다고 하더라고요. 술만 마시면 할아버지 원망을 했으니까요."

"해수는 나보다 더 철이 들었네. 그런데 물리적 폭력만 폭력이 아니야. 자기 행복을 위해서 남을 불행하게 만드는 일도 일종의 폭력인 거지."

"언니는 죽을 것 같은 공포는 느끼지 않았잖아요. 그냥 마음이 아픈 거잖아요. 민혁이는 아빠가 옷걸이나 허리띠를 빼 들면 맞기도 전에 오줌을 지렸어요. 너무 무서우니까요. 나보다는 민혁이가 더 심하게 매질을 당했어요."

해수는 말을 끊고는 잠시 걸음을 멈췄다. 나는 해수의 말에 머릿속이 하얘지는 걸 느꼈다. 해수의 팔을 잡고 내 쪽으로 돌아서게 했다.

"왜? 왜? 맞고만 있었어? 누구도 네게 폭력을 휘두를 자격이 없어! 그럴 권리는 누구한테도 없다고!"

내 목소리는 심하게 떨려 나왔다.

"…… 맞을 땐 아무 생각이 안 나요. 그냥, 그냥 좀 덜 아프게 몸을 최대한 작게 웅크려요. 공처럼요. 그러곤 어서 빨리 아빠가 감정의 배설물을 다 쏟아내길 기다려요. 아빠는 분이 풀리면 매질을 그만하거든요."

해수는 어두워서 잘 보이지 않는지 손으로 벤치를 더듬어 앉았다. 나는 두려움에 압도되어 온몸을 조그맣게 말고서 떨고만 있었을 해수가 상상이 됐다. 가슴이 먹먹해서 아무런 대답도 하지 못했다. 해수를 바로 쳐다보지도 못했다. 집으로 돌아오자마자 엄마한테서 좀 늦을 거라는 문자가 왔다. 둘이 조촐하게 파티 준비를 했다. 나는 오븐에 쿠키를 구웠고 해수는 샐러드를 만들었다. 해수가 깨끗이 씻어놓은 전복으로 나는 죽을 끓였다. 저녁 식사 시간이 한참 지나서 엄마가 왔다. 늦은 저녁을 먹는 내내 분위기는 좋았다. 나는 평소보다 더 목소리 톤을 높여 이야기했다. 상훈에 대한 모든 것을 잊으려고 노력하고 있었다. 그럴수록 마음은 시시각각 분노와 배신감에 요동을 쳐댔다. 해수가 나를 가만히 바라봤다. 정말 괜찮아요? 라고 묻는 것 같았다. 나는 해수에게 가벼운 미소를 보냈다. 엄마는 신혼 생활을 즐기느라 내 상황을 눈치채지 못했다. 전복죽과 샐러드 한 접시를 다 비운 엄마가 재스민차를 마시며 눈을 내리깐 채 잠시 생각에 잠긴 듯하더니 말했다.

"해수야, 민혁이가 말이야. 며칠 전에 어깨 골절상을 입었대. 네 아빠와 언쟁을 벌이다가 그런 일이 났대. 네 엄마가 너한텐 말하지 말라고 당부하더라만 이젠 너도 알아야 되겠다 싶다."

엄마가 해수에게 민혁의 이야기를 꺼낸 것은 처음이었다. 해수는 아무런 말이 없었다. 해수는 후식으로 과일을 먹는 내내 별 동요가 없었다. 나를 도와 설거지를 하는 동안도 별말이 없었다. 말을 하기 시작하면 속사포처럼 해대지만 평소에는 말수가 적은 아이였다. 마치 민혁이 자신의 동생이 아니라 예능 방송에 더러 나오는, 아직 잘 알려지지 않은 아이돌의 이름을 들었을 때와 같은 표정이었다.

다음 날 퇴근길에 엘리베이터 벽보에는 아무 공지도 붙어있지 않았다. **"방화범을 찾습니다"**라는 공지가 없었다. 안도의 한숨을 길게 내뱉었다. 나는 어젯밤에 해수가 절망을 잘 참아냈다는 것을 알아챘다. 집에 도착하자마자 가벼운 마음으로 해수의 이름을 불렀다. 대답이 없었다. 해수의 방문을 열었다. 해수의 짐이 없었다. 책상 위가 깨끗했다. 노트북도 태블릿피시도 보스턴백도 보이지 않았다. 옷장을 열었다. 해수의 옷가지가 없었다. 휴대전화 메시지 목록을 뒤졌다. 해수가 보낸 문자가 있었다. "집으로 급히 내려가요. 언니, 그동안 고마웠어요. 합격 소식 있으면 연락할게요" 나는 휴대전화를 끄고는 소파에 몸을 묻고 눈을 감았다. 몸이 소파 속으로 꺼질 듯 피곤이 몰려왔다.

사흘 뒤 이른 아침, 전화벨이 울렸다. 시계를 보니 채 일곱 시가 되지 않았다.

"해수 거기 있니?"

은혜 이모의 다급한 목소리였다. 아뇨, 없어요. 그저께 집으로 간다고 나갔어요. 나는 간신히 일어나 갈라진 목소리로 천천히 대답했다.

"해수한테서 연락 오면 꼭, 전화해줘."

이모는 거의 울 듯한 목소리로 가쁜 숨을 몰아쉬며 말하고선 이내 전화를 끊었다. 나는 한동안 멍하니 침대에 걸터앉아 있었다. 대체 사흘 동안 그 아이에게 무슨 일이 일어난 걸까. 아침에 출근하자마자 해수네 어떻게 된 일이냐고 엄마에게 문자메시지를 보냈다. 바로 답이 왔다. 집으로 내려간 해수가 아빠 때문에 민혁이 어깨 골절상을 입은 데다 그동안 극심한 스트레스로 이가 세 개나 빠진 걸 알고는 펄쩍펄쩍 뛰면서 울었다고. 그러곤 집을 나갔고 그날 밤 자정 넘어 해수 아버지 공장에 큰불이 났으며, 다른 사람들은 빨리 대피했는데 민혁이만 제때 빠져나오지 못하고 다리에 화상을 입어 수술 중이라는 신문 기사 같은 긴 문자였다. 나는 문자를 다 읽자마자 눈을 감고 교무실 의자 등받이에 기댔다. 건기 때도 아니고 바람이 불지도 않았던 그저께 밤, 화마가 공장을 집어삼키는 광경이 그려졌다. 나는 해수가 한동안 절망을 잘 숨기고 있다가 민혁을 보고는 깊은 밤에 아버지의 공장으로 가서 마침내 꺼내 던져버렸다는 것을 알았다. 자신이 저지른 불의 게임의 대가가 자신이 가장 사랑하고 의지했던 민혁에게 커다란 아픔을 주게 될 줄은 해수도 예상하지 못했을 것이다.

그 뒤로 나는 해수의 문자메시지를 딱 한 번 받았다. "동아시아학부에 합격했어요. 언니 말이 맞았어요. 불의 게임조차 나를 위로할 수 없다는 그 말요" 그 이후론 아예 연락이 없었다. 나중에 엄마에게 전해 듣기로는, 해수가 은혜 이모한테는 종종 연락을 해왔는데 태국에 있는 대학에 교환학생으로 간다는 소식을 전한 뒤로는 연락이 없다고 했다. 나는 그해 겨울방학 동안 심리학 서적을 서너 권 읽었다. 방화범의 심리, 방화하는 이유 등이 궁금했기 때문이었다.

며칠 뒤 주말, 나는 아버지 제사상에 올릴 과일이며 나물 재료들을 잔뜩 사서 집에 왔다. 엄마가 와있었다. 내일이 아버지 기일이라서 왔구나 싶어 내심 기뻤다. 엄마는 나를 보자마자 얘기 좀 하자며 나를 소파에 앉혔다. 엄마의 말에 이상한 기운이 느껴졌다. 뭔가 들어서는 안 될 말들을 듣게 되겠구나, 하는 생각이 스치고 지나갔다.

"지금 김 교수님과 함께 살고 있는 아파트를 팔았으면 해. 조금 큰 아파트로 옮기려고. 이젠 정식으로 결혼식도 해야 하고. 집이 팔리면 너한테는 작은 아파트를 전세로 하나 마련해줄게."

나는 아무 대답을 하지 않았다. 그러니까 아버지가 유산으로 물려준 집에서 엄마의 남자와 살고 있던 엄마가 이젠 그 집을 팔아 새로운 보금자리를 마련하고 뒤늦게 결혼식을 하겠다는 것이다.

"그냥 솔직히 말할게. 사실 아파트를 오늘 부동산 사무실에 내놨어. 주연아, 주연아 듣고 있어?"

엄마가 내 눈을 들여다보며 큰 소리로 물었다. 나는 듣고 있다는 의미로 가볍게 눈을 감았다 떴다. 엄마는 내게 한마디 상의도 없이 모든 일을 다 벌여놨다. 엄마는 엄마의 남자를 말끝마다 김 교수님, 김 교수님이라 부르며 존경의 마음을 표현했다.

"내일이 아버지 기일인 거 알고 있기는 해? 누구 마음대로 그 집을 팔아? 그 아파트는 아버지가 엄마와 나한테 남긴 거라고. 그 남자한테 남긴 게 아니라고! 엄마가 남자한테 빠지더니 이젠 완전 돌아버렸구나."

나는 새되게 소리를 질렀다. 덮어둔 감정이 순식간에 튀어나왔다. 그때 뭔가 번쩍, 하고 두 번씩이나 지나가더니 앞이 노랬다. 엄마가 내 뺨을 친 거였다. 나는 바로 현관문을 소리 나게 열고 나왔다. 아파트 산책로를 따라 무작정 걸었다. CCTV도, 가로등도 없는 곳만 골라 걸었다. 나는 재활용 쓰레기장에서 빈 소주병 두 개를 쥐고서는 놀이터를 지나 불빛이 들어오지 않는 곳으로 걸어갔다. 그곳에서 소주병을 깨며 악을 썼다. 목구멍이

찢어져라 아버지를 부르며 울었다.

아버지와 십오 년간 살았던 아파트가 팔린 건 엄마와 다퉜던 날로부터 삼 개월 뒤였다. 엄마는 내게 전셋집을 마련해주겠다는 약속을 지키지 않았다. 신축 아파트를 사느라 오히려 은행 빚을 졌다고 전화기 너머로 한숨을 지었다. 엄마와의 사이는 좁혀지지 않았지만 엄마와 더 이상 소원해지고 싶지는 않았다. 엄마가 결혼식을 하고 몇 주일 뒤에 나를 이사한 집으로 초대했다. 저녁 여섯 시에 초대받았지만 오후 세 시에 엄마의 집에 도착했다. 세 시에 약속한 일정이 취소된 탓에 좀 일찍 도착해서 저녁 준비를 거들어 줄 요량이었다. 아파트 공동 현관문은 엄마가 미리 알려준 비밀번호로 열고 들어왔다. 엘리베이터를 타고 17층에 내렸다. 현관문이 조금 열려있었다. 현관 입구에 과일 봉지며 장바구니가 그대로 있었다. “미친년, 그만 끝내!” 부엌 쪽에서 거칠고 고압적인 남자의 목소리가 들렸다. 뭔가 쿵쿵거리는 소리가 났다. 무거운 물건을 들었다 바닥에 놓는 소리거나 문을 세게 여닫는 소리였다. 실내용 슬리퍼를 신고 거실 모퉁이를 도는 순간, 엄마의 남자가 엄마의 두 팔을 잡고서 발코니 쪽으로 나 있는 부엌문으로 밀어붙이고 있는 모습을 맞닥뜨렸다. 남자의 입에서 쇳소리가 쏟아져나왔다. “아파트 담보대출을 내면 그 돈 누가 갚아?” “직장 있는 애한테 왜 아파트 전세를 얻어주려는 거야? 미친년, 내가 너 같은 거랑…….” 하는 말이 연거푸 나왔다. 남자는 한 문장씩 말을 할 때마다 엄마를 문에다 쿵, 쿵, 사정없이 밀어붙이고는 손바닥으로 문을 세게 쳤다. “아파트 판 돈 중에는 주연이 몫도 있어요…….” 엄마의 맥없는 목소리가 들렸다. 온몸이 굳어오는 느낌을 받았다. 나는 간신히 벽을 짚고 몸을 돌려 현관문으로 나가려다 부엌 쪽으로 다시 천천히 걸음을 뗐다. 엄마에게 줄 찻잔 세트가 들어있는 쇼핑 봉투를 꽉 움켜잡았다. 여차하면 부엌 바닥에 내동댕이칠 요량이었다. “저, 왔습니다!” 크게 소리치자 남자가 엄마에게서 화들짝 몸을 뗐다. 엄마는 깜짝 놀라며 울 것 같은 표정을 짓더니 그 자리에 주저앉았다. 엄마는 고개를 숙인 채 몸을 동그랗게 말고서 한참을 그대로 앉아있었다. 마치 그때의 해수처럼. 남자는 재킷과 자동차 열쇠를 주섬주섬 챙기더니 밖으로 나갔다.

엄마의 집을 나와 근처 커피숍으로 들어가 앉았다. 아무 생각도 떠오르지 않았다. 내가 본 광경이 잘못 본 것은 아닌지 몇 번이나 다시 떠올려보았다. 그냥 아무 기척도 없이 돌아서 나와야 했던 것은 아니었는지 마음속으로 되물었다. 따뜻한 차를 한 모금 마시자 그제야 참았던 눈물이 터져 나왔다. 몸이 사정없이 떨렸다. 목 부분에서 시작하여 팔등까지 옮은 소름 같은 것이 도톨도톨 돋아 올랐다. 나는 엄마에게 “엄마, 괜찮아? 정말 괜찮은 거야?" 하고 문자메시지로 거듭 물었다. 아니라면 지금 당장 내 아파트로 오라는 말도 덧붙였다.

그날 밤, 엄마는 내 아파트로 오지 않았다. 아무런 답도 보내오지 않았다. 나는 잠을 잘 수가 없었다. 엄마의 남자를 경멸하고 증오하는 것만으로는 내 안의 불길을 잠재울 수가 없었다. 아파트 후문에 있는 정원 쪽으로 나갔다. 더럽고 치사한 새끼! 큰 소리로 내뱉었지만 조금도 위안이 되지 않았다. 카디건 호주머니에 손을 넣어 담배와 라이터를 꺼냈다. 아버지의 지포라이터였다. 도로변에 닿은 아파트 방음막에 기대어 담배에 불을 붙였다. 담배를 깊이 들이마셨다 내뱉었다. 엄마의 남자가 온몸이 타들어 가는 광경을 두 손을 부르르 떨면서 보고 싶다는 욕망이 일었다. 담배꽁초에 불이 남아있는 걸 보고선 나무 덤불 사이로 던지는 상상을 했다. 라이터의 뚜껑을 열어 부싯돌을 돌렸다. 탁, 소리가 나며 불이 켜졌다. 딱, 뚜껑을 소리 나게 닫았다. 다시 라이터의 뚜껑을 열어 부싯돌을 튕겼다. 탁, 딱, 탁, 딱. 켰다가 껐다가를 반복했다. 손아귀에 힘이 빠질 때까지 계속했다. 불꽃이 피어올랐다 지는 사이로 분노와 절망이 숨 가쁘게 오르내렸다. 나의 분노와 해수의 분노가 시간차를 두고 엷게 겹쳐지고 있다는 것을 느꼈다. 해수와 내가 서로 기대어 지낸 날들이 스쳐 지나갔다. 해수가 보고 싶었다.

*

내가 해수를 다시 본 것은 해수가 내 아파트를 나간 지 오 년이 지난 어느 주말 오전이었다. 봄볕이 좁은 거실에 골고루 내려앉고 있었다. 카카오잎을 뜨거운 물에 우려내어 천천히 마시면서 습관처럼 텔레비전을 켰다. 리모컨으로 이리저리 채널을 돌리다가 인터넷 영상 콘텐츠를 눌렀다. 그중에서 세계 여행 다큐멘터리를 찾아 리모컨 버튼을 눌렀다. 주말 오전에 보기 딱 좋은 교양물이었다. 가장 최근에 방영된 회차를 다시 눌렀다. 뜨거운 태양 아래 해상 축구장에서 어린 남자애들이 축구를 하다가 공을 주우러 바닷물에 풍덩 뛰어드는 장면이 나왔다. 리포터는 인구밀도가 높고 주민들의 행복지수도 높은 섬이라며, 물의 나라인 태국 팡아만의 수상 마을을 소개했다. 한동안 화면에는 초록빛의 바다만 나왔다. 리포터는 인구 이천여 명에 가구수가 삼백여 세대인 수상 마을을 한 바퀴 돌거나 주민들의 집과 상가 안으로 들어가 주민들과 이야기를 나누었다. 작은 레스토랑으로 들어가 주민들이 즐겨 먹는다는, 돼지고기를 으깨서 부드럽게 구운 랍무와 음료수를 주문하고서는 에메랄드빛 바다를 쳐다보며 이런 곳에서 한 달만 살아보고 싶어요, 하고 말했다. 리포터가 초록빛 바다 위에서 스노클링을 하는 사람을 한동안 바라보고 있을 때, 웨이트리스가 접무와 스무니를 들고 나왔다. 큰 뿔테 안경을 쓴, 키도 체격도 작은 동양 여자였다. 소그마한 얼굴에 긴 머리를 위로 감아올려 큰 머리핀으로 고정한 모습이었는데 이십 대로 보였다. 리포터가 그녀와 영어로 인터뷰를 했다.

"여러 나라, 여러 도시 중에서 왜 이 섬에 정착하게 됐나요? 도시로 나가고 싶지는 않나요?"

"이곳에서 사는 게 좋아요."

"하루에 전기도 제한적으로 들어오고 물도 육지에서 가져다 쓰니 생활하는 데 많이 불편할 텐데요."

"불편한 점도 있죠. 그러나 누구에게도 속박되지 않고 사람들과 부대끼지도 않는 이 섬에서 사는 게 행복해요."

이십 대로 보이는 동양 여자는 리포터가 질문을 던졌을 때 머뭇거리지 않고 바로 대답을 했다. 탁구공을 딱, 되받아치듯이 신속했다. 어조도 당찼다. 화면에는 자막으로 'Sua Park'이라는 여자의 이름이 올라왔다. 여자는 "정말 행복해요, 여기서!"라는 말을 다시 하면서 쟁반을 들고 주방 쪽으로 걸어갔다. 해수였다! 성씨와 이름이 달랐지만 'Sua Park'이 조해수라는 것을 금방 알 수 있었다. 'Park'은 은혜 이모의 성이었다. 나는 되감기 버튼을 눌러 해수가 주방 쪽에서 걸어 나오는 장면부터 인터뷰를 마치고 다시 주방으로 가는 장면까지 여러 차례 돌려 봤다. 화면을 정지시켜 놓고서 그녀를 꼼꼼히 관찰했다. 해수가 맞았다. 그 아이의 낮지만 또렷한 목소리, 작고 갸름한 얼굴을 어찌 기억하지 못할까. 해수는 삶의 슬픔에서 벗어난 것처럼 보였다. 제 몫의 고통을 완벽하게 견뎌낸 사람만이 가질 수 있는 고요한 표정을 짓고 있었다. 나는 텔레비전을 끄고 창가에 가 섰다. 작은 섬에서 '정말 행복해요' 라고 말하던 해수의 얼굴 위로, 깊은 밤 아파트 놀이터에서 '사람들이 잘 모르는 곳이요. 가족들이 사는 곳에서 가장 멀리요' 라고 말하던 해수의 그늘진 얼굴이 겹쳐졌다.

나는 오디오를 틀었다. 진한 커피를 한 잔 내려 마시고 싶었다. 에스프레소 캡슐을 커피머신에 넣으며 혼잣말을 했다. 어쩌면 해수는 다시는 돌아오지 않을 것 같아, 하고. 나는 소파에서 눈을 감고 음악을 듣다가 몸을 천천히 일으켰다. 내가 만난 사람 중에 가장 작은 아이였고 가장 어른 같았던 아이, 해수. 왼쪽 손목 가장자리에 잉크 빛 같은 작은 잎사귀 하나 앙증맞게 새겨져 있던 아이. 그 아이가 달리면 잉크 빛 같은 나뭇잎도 질주하고 그 아이가 가만히 있으면 나뭇잎도 걸음을 멈추었지. 해수를 만나고 싶다는 생각이 강렬하게 들었다. 해수에게 너와 함께 보냈던 시간을 모두 기억하고 있다고, 나도 불의 게임을 시도해보고 싶은 적 있었다고 말해주고 싶었다. 나는 태블릿피시로 항공사를 검색하기 시작했다. 7월 중순, 여름방학이 시작되는 날에 바로 떠날 수 있는 태국행 티켓을 예매했다. 그러곤 소파 위에서 해수처럼 몸을 최대한 작고 둥글게 웅크렸다. 눈을 감았다. 저만치 해수가 서 있었다. 해수는 슬프지도 비장하지도 않은 담담한 표정으로 녹색의 바닷물을 바라보았다. 해수가 바다 쪽으로 천천히 걸음을 뗐다. 어디선가 날아온 불씨가 해수의 원피스 자락에 붙었다. 불씨는 이내 불덩어리가 되어 해수의 다리를 휘감았다. 어깨로 머리카락으로 옮겨 타올랐다. 태양 아래 선 해수의 실루엣은 불덩어리 때문에 보이지 않았다. 해수는 불덩어리에 휩싸인 채 고요히 바닷물로 들어갔다. 불은 젖은 채 타고 있었다. 해수는 점점 작아졌다. 한 점 불빛이 된 해수가 수평선에서 사라졌다. 봄볕이 내 둥근 등 위로 골고루 내려앉았다.

채 윤

2019 동리목월 신인상을 수상했다.

[작가 노트]

자전거를 타고 불국사 가는 길을 달렸다. 아니, 그보다는 끌고 갔다는 표현이 좀 더 정확할 것 같다. 길은 가파른 언덕이라 자전거가 달리기에는 적당치 않은 탓이다.

자전거를 오른손으로 쥐고 언덕길을 오르는데 땀에 젖어 등이 축축했다. 운동 삼아, 재미 삼아 나온 길인데 외려 자전거가 짐이 됐다. 그래도 걷기를 운동 삼으면 된다고, 돌아오는 내리막에서는 좀 더 재미있을 거라고 위로하며 얼굴에 맺힌 땀방울을 닦았다.

벚꽃이 가득한 길이었다. 날이 가문 탓에 벚꽃을 오래 볼 수 있었다. 화사한 벚꽃이 만개한 터라 몸을 적시는 땀방울이 마냥 싫지만은 않았다. 그렇게 꾸역꾸역 언덕길을 올라 불국사 주차장 앞까지 닿았다.

이제 돌아가는 길이다.

자전거 안장에 올라 두 손으로 핸들을 꼭 쥐었다. 땀을 뻘뻘 흘리며 올라왔던 언덕길이 시원한 내리막이 되어 기다리고 있었다. 오른발로 자전거 페달을 힘껏 굴렀다. 자전거가 언덕길을 따라 시원스레 내달렸다.

언덕길을 오르며 눈에 담았던 벚꽃들이 빠르게 빠르게 등 뒤로 밀려 나갔다. 새파란 하늘 아래로 이어지는 분홍빛이 아름다웠다. 때마침 신호등도 파란불이 알맞게 켜졌다. 자전거는 거침없이 언덕길을 내려와 마침내 평지에 닿았다. 그제야 발끝으로 페달 구르는 힘이 전해졌다.

나는 가끔 나와 대화를 나누는 동물을 그려보곤 한다. 정말 동물들한테는 언어가 없을까. 언어는 존재에 어떤 의미가 있을까. 이런저런 생각을 더하다 보면 머릿속이 뒤죽박죽된다. 상상을 통해서라도 조금이나마 엿보고 싶었다. 존재하는 것들의 다양한 의미를.

화려했던 시절도 지나고 벚꽃이 졌다. 꽃이 진 자리에는 파랗게 나뭇잎이 자라나 싱그러웠다. 더더욱 무더워진 날. 자전거를 끌고 불국사 가는 길을 또 오른다. 더위가 한창이고 자전거는 무겁다. 벚꽃은 떨어졌지만 꽃 시절과 매양 한가지다.

TEASER

J가 병원 문을 열고 들어서자 남자가 엉거주춤 일어섰다. 힙합 스타일 청바지에 펑퍼짐한 흰색 티셔츠 차림이었다. 한 패션 매거진이 지난 유행을 다루면서 소개한 십수 년 전 스타일이 복고 바람을 타고 있었다. J는 남자를 향해 슬쩍 고개 인사를 하고 진료실로 들어갔다. 아직 예약보다 십 분 이른 시간이었다. 상담 의자에 앉아 인공지능 센서가 장착된 테이블로 손바닥을 뻗었다. 곧 투명한 홀로그램으로 미러스크린이 떠올랐다. AI가 J의 생활 패턴과 문화 기호를 분석해 뉴스 섹션을 띄웠다. 브레인 커넥터[1]를 이용한 자동 인식 뉴스가 인기를 끌고 있지만 J는 여전히 옛날식 문자 뉴스가 좋았다.

반려견과의 대화 …… AI 진화는 어디까지?
㈜바람돌이, 동물 소리 번역기 개발 발표

J는 피식, 웃음을 흘렸다.

지난 13일 AI 개발업체 ㈜바람돌이는 인간과 동물 언어를 연결해주는 인공지능 '두루수다'를 개발했다고 발표했다. 아직은 개를 대상으로 하는 수준에 머물러 있지만, 향후 지구 대부분의 동물과 대화할 수도 있을 것이라는 전망을 내놓았다. ㈜바람돌이 개발팀 김승기 팀장은 "TPU[2]를 개의 뇌에 이식할 수 있도록 초소형화하고 기존 딥 러닝[3] 알고리즘의 비지도 학습능력을 강화함으로써 AI '두루수다'가 개의 표현 방식을 습득할 수 있도록 했다"라며 "이를 다시 인간 언어로 번역해 사람과 개 사이의 소통을 가능하도록 했다"라고 연구 결과를 밝혔다.

너스봇 세리가 커피를 내려서 가져왔다. 팔자형 몸통에 달린 스피커에서 경음악이 흘러나왔다. 예약은 어떻게 되지? J는 커피를 한 모금 마셨다. 세 명이며, 10시 10분, 13시 30분, 14

1) 사람의 두뇌 자극을 감지하여 정보를 주고받는 AI 기기
2) Tensor Processing Units (머신러닝 알고리즘에 특화시킨 맞춤형 전용 칩)
3) 인공 신경망에 입력된 정보를 바탕으로 스스로 학습하고 판단하는 '자율학습' 기능

시입니다. 세리의 얼굴이 둥그렇게 원을 그리며 렌즈 두 개가 파랗게 반짝거렸다. 세 명이라고. J는 늦게 중얼거리며 고개를 끄덕였다. 세리가 노랗게 바뀐 눈빛을 두어 번 깜박이고 진료실 밖으로 나갔다.

J는 커피 잔을 들고 미러스크린을 향해 몸을 돌렸다. 동물과 대화라니. 엉뚱하고 터무니없는 상상이었다. 물론, AI 발전 수준을 감안하면 불가능한 이야기만은 아니었다. 싱귤래리티[4]가 지난 지도 벌써 십수 년이지 않던가. 여느 산업현장은 물론 대부분의 예술 창작 분야까지 AI에게 인간의 자리를 내어준 지 오래였다. 그러나 동물과 소통에 대해서만큼은 J도 선뜻 인정할 수 없었다. AI의 능력을 의심해서가 아니었다. 대화는 단순히 의사를 주고받는 신호와는 전혀 다른 문제였다. 언어에는 뜻이 있고 존재론적 가치를 지니게 마련이었다. J는 동물이 인간과 같은 의미를 가질 수 있다는 가정조차 받아들이고 싶지 않았다.

진료 시간입니다. 진료실 문을 열고 세리가 신호를 보냈다. 남자가 들어와 J의 책상 건너편 의자에 앉아 세리를 훑어보았다. 세리는 파란 안구 램프를 깜박거리며 조금도 움직이지 않았다. 그래, 그동안 어떠셨어요? J는 미러스크린 뉴스 위로 남자의 진료 차트를 띄웠다. 평소랑 다를 건 없어요. 학교에 가고 집에 돌

---

4) Singularity (인공지능이 사람의 지능을 넘어서는 시점)

이오고. 정해진 시간에 정해진 데를 가니까요. 남자가 하얀 셔츠에 묻은 자디잔 먼지를 털어냈다. 요즘도 AI 관리자 자격시험에 떨어질까 걱정을 하나요? 아뇨, 약을 먹으면서 그런 걱정은 많이 줄었어요. 왜 AI 관리자가 되어야 하는지 모를 뿐이에요. 언젠가 AI 관리도 AI 몫이 될 텐데요. 엄마가 홈 안드로이드에 정신 상담 프로그램을 설치했어요. 안드로이드가 내 이야기를 엄마한테 옮길 거예요. 남자가 손바닥으로 이마에 맺힌 땀을 닦았다. 정신 상담 프로그램은, 당사자나 의사 확인 없이는, 상담 내용을 누구한테도 옮길 수 없도록 설정되어 있어요. J가 남자의 손끝을 물끄러미 내려다보며 말했다. 남자는 고개를 숙인 채 손끝 거스러미를 잡아 뜯고 있었다.

다음 주에 또 오면 되죠? 남자가 자리에서 몸을 일으켰다. 네, 약은 빼지 말고 꾸준히 드시고 상담도 빠지지 마세요. J는 남자를 따라 일어서며 진료 차트를 내렸다. 저게 가능할까요? 남자가 미러스크린에 걸린 기사를 슬쩍 쳐다보았다. 글쎄요. 누구도 알 수 없을 거예요. 남자가 천천히 고개를 내저으며 진료실 밖으로 몸을 돌렸다. 그의 발걸음이 바닥 타일 위를 옮겨가고 있었다. 자신의 발이 타일 겹치는 선을 밟지 않도록 조심스레. 중증 강박장애와 우울증. 장기적인 약물치료와 인지행동치료. J는 남자의 진료 차트에 기록했다.

*

J는 남자가 나가고 남은 빈 공간을 멀끔히 바라보았다. 오전에 봐야 할 예약 환자는 이미 다 치뤘다. 더 이상 진료 없이 오전을 흘려보낼 가능성이 높았다. 어차피 일하지 않아도 먹고사는 문제는 없었다. 사람들이 움직이지 않는 동안에도 AI는 쉬지 않고 계속해서 무엇인가를 생산해냈다. 사람들은 거기에서 나오는 기본소득을 소비하면 그만이었다. J는 미러스크린에 뜬 기사를 터치해 제 눈앞으로 끌어왔다. 기사 아래로 미러스크린이 추천하는 논평들이 이어졌다.

AI는 기술이 아닌 생명윤리의 문제
㈜바람돌이는 '두루수다'를 즉각 검증 장에 세우라.

…… ㈜바람돌이는 그 어떤 사전 지식도 갖추지 않은 고도高度의 순수 지능을 통해 인간과 개의 대화가 가능하다고 주장한다. 개와 첫 접촉을 통해 정보를 받아들이고 개 언어를 습득할 수 있다는 것이다. 그러나 그들 말대로 고도의 순수 지능이 존재할

수 있는지 묻지 않을 수 없다. 과연 아무런 지도 학습도 받지 않은 AI가 인공지능으로 구실을 할 수 있는가. 아직 외부의 그 어떤 자극 없이 스스로 움직이는 인공지능은 존재하지 않는다. 싱귤래리티 이후에도 인간이 AI를 지배하고 컨트롤할 수 있는 것은 이 때문이다.

…… AI가 스스로 작동하고 개 언어를 이해할 수 있다면 어떻게 인간에게 그 의미를 전달할 수 있을까? ㈜바람돌이는 AI에 입력된 인간 언어를 거쳐 개 소리를 통역할 수 있다고 한다. 그러나 AI에 인간 언어가 프로그램되어 있다면 이는 결코 고도의 순수 지능이라고 할 수 없을 것이다.

…… 문제의 본질은 당장의 ㈜바람돌이 연구 성패에 있지 않다. 언젠가는 그들의 연구가 현실이 될 수도 있기 때문이다. AGI[5]는 결코 머나먼 미래의 이야기가 아니다. 어쩌면 정말 개와 인간이, 아니, 동물과 인간이 소통하는 시기가 올지도 모른다. 그렇다면 이 세상 생명체의 존재론적 위상은 어떻게 되는 것 일까?

…… 이제 이 모든 의문을 해결할 수 있는 열쇠는 ㈜바람돌이가 쥐고 있다. 아직 AI 두루수다에 대한 그 어떤 검증 과정도 거치지 않았다. 그러나 ㈜바람돌이가 말하는 성과는 미래 세대의

5) Artificial General Intelligence (스스로 자신을 프로그래밍하고 인간이 하는 모든 일을 수행할 수 있는 인공일반지능)

AI를 가늠해볼 수 있는 연구 과제이다. 미래를 앞당겨 그 변화에 대비하는 것은 앞으로 닥칠지도 모르는 혼란을 시뮬레이션할 수 있는 기회가 될 것이다. ……

세리가 두 번째 커피를 가져왔다. J는 커피가 좋았다. 커피 잔 위로 흐릿하게 올라오는 증기에는 시큼하고 스모키한 향내가 묻어있었다. 마치 싱귤래리티가 오기 이전 시간처럼 아련했다. 십여 년의 시간. 그 시간이 마치 하루처럼 흘러간 것만 같았다. 세리, 너는 어떻게 생각해? 동물과 사람이 대화할 수 있을 것 같아? 세리가 빨간 눈을 깜박거리며 고개를 빙글빙글 돌렸다. 다음 환자는? J가 미러스크린에 떠 있는 스케줄을 살피며 커피 잔을 집어 들었다. 예약대로라면 환자가 내원해야 할 시간이었다. 다음 환자는 오지 않았습니다. 지잉 지잉. 세리의 관절 돌아가는 소리가 들렸다. 오늘따라 너스봇의 버그 현상과 모터음이 유달리 거슬렸다. 예약하고도 오지 않는 환자들이 나날이 많아지고 있었다.

*

개와 인간의 대화…… ㈜바람돌이, '두루수다' 증명할 수 있을까.

WAGI[6], 미국과학기술국 등 참가
'두루수다'의 소스와 알고리즘은 비공개

동물과 인간의 대화는 가능한 것일까. ㈜바람돌이의 두루수다 개발계획 발표 이후 과학·종교·철학계에서 논란의 대상이 되었던 의문을 해결할 수 있을 전망이다. ㈜바람돌이는 12월 13일 WAGI회장과 미국과학기술국장을 비롯한 AI 전문가들이 참석하는 두루수다 검증의 장을 마련하기로 발표했다.

그러나 ㈜바람돌이의 검증 예고에도 불구, AI와 동물 그리고 인간 사이의 대화 가능성에 대해서는 회의적이라는 평가가 지배적이다. ㈜바람돌이에서 두루수다의 소스와 알고리즘에 대해 밝히지 않겠다는 입장을 표명했기 때문. 두루수다의 작동 원리에 대한 로직이 공개되지 않는 이상 ㈜바람돌이가 말하는 개 언어는 지금껏 이뤄진 행동양식 분석과 다르지 않다는 지적이다.

이에 대해 ㈜바람돌이는 이윤을 내야 하는 기업으로서 상품화하지 않은 AI의 소스와 알고리즘을 공개할 수 없다는 입장이다. AI 전문가들과 함께 두루수다에 대한 엄격한 검증 절차를 거칠 것이며 ㈜바람돌이 네트워크를 통해 그 과정을 일부 공개할 것

6) World research center for Artificial General Intelligence (세계 인공일반지능 연구센터)

이라는 계획도 밝혔다.

한편, ㈜바람돌이는 지난달 개와 소통이 가능한 AI 누두수나 개발을 발표해 AI의 한계는 물론 동물의 존재론적 의미에 대한 논란을 일으키고 있다.

*

여자가 진료실로 들어왔다. AI 관리자 시험을 준비하는 남자의 엄마였다. 남자가 더 이상 공부를 하지 않겠다고 하자 J에게 상담을 신청해온 것이었다. PSY1110232. 여자는 자리에 앉으며 일련의 시리얼 넘버를 말했다. 그녀의 홈 안드로이드에 설치된 AI 진료 정신 상담 프로그램 고유번호였다. J는 말없이 해당 문자와 숫자를 진료 차트에 입력했다. 곧 안드로이드에 기록된 남자의 상담 내역이 진료 차트로 전송되었다. 가벼운 강박증과 불안장애. J의 진단과는 다소 다른 내용이었다. 아마도 남자가 엄마의 감청을 염려해 제 속내를 드러내지 않은 듯싶었다.

아드님은…… J가 여자를 향해 진료 차트를 돌려 보여주었다. 가벼운 증세네요. 여자는 AI 진단 위에 쓰인 J의 소견은 보려고 하지도 않았다. 점점 더 사람 일자리가 줄어든다는 건 선생님도 아시잖아요? 지금 AI 관리자보다 더 좋은 직업이 어디 있죠? 누구리도 시험 준비는 힘들어요. 조급할 수도 있고 불안할 수도 있지 않을까요? 아드님 입장에서 생각해보셔야 해요. 물론, 이해가 어려우시겠지만 강박증이나 우울증을 그렇게 가볍게 봐서는 안 돼요. J는 진료 테이블 위에 놓인 빈 커피 잔을 내려다보았다. 어쨌든 AI 관리자가 돼야만 해요. 선생님께서도 그렇게 되도록 협조해주세요. 여자가 자리에서 일어서 진료실 문을 향해 돌아섰다. 예정된 십오 분 상담 시간에서 미처 삼 분도 지나지 않았다.

J는 진료 차트를 제 방향으로 틀며 창문에 걸린 블라인드를 쳐다보았다. 창문으로 들이친 햇살에 미러스크린이 뿌옇게 흐렸다. J의 시선을 감지한 블라인드가 위에서 아래로 천천히 내려왔다. 미러스크린의 홀로그램이 다시금 선명하게 떠올랐다.

*

㈜바람돌이는 개에 관한 충격적인 전언傳言을 예고하며 '두루수다 DOG SHOW'로 명명한 검증의 장을 마련한다고 밝혔다. 쇼는 WAGI 주관으로 한국AI연구소 컨벤션센터에서 진행될 예정이다.

WAGI는 테스트에 참여할 개를 엄격한 기준에 따라 선발했다.

▲인간으로부터 전문적이고 체계적인 훈련을 받은 적이 없을 것 ▲특별한 목적을 가진 순수 혈통 견종이 아닐 것 ▲두루수다 개발과 그 어떤 관련성도 없을 것. 이 모든 조건을 갖춘 개 서른 마리가 쇼 전까지 AI 두루수다와 함께 지내고 있다. 개들에게 먹이를 주고 사육장을 청소하고 관리하는 일도 WAGI에서 제공한 안드로이드에 의해 이뤄진다.

두루수다 DOG SHOW는, 개와의 대화에 대한 논제를 중심으로 ㈜바람돌이 전용 네트워크를 통해 공개될 예정이다.

J는 미러스크린 반대편 벽을 향해 의자를 돌렸다. 벽 위로 J의 의사면허증이 걸려있었다.

*

진료실 문이 열리고 남자가 들어왔다. 남자는 매주 한 번씩 석 달 넘게 내원하고 있지만 언제나 청바지에 흰색 티셔츠 차림이었다. 옷에는 주름 한 줄, 먼지 한 점 묻어있지 않았다.

지난주는 어땠어요? J가 물었다. 남자의 변함없는 옷처럼 J의 질문도 바뀌지 않았다. 남자는 대답 대신 왼쪽 손목을 내밀었다. 가느다랗고 하얀 손목 위로 자상刺傷이 있었다. 무슨 일이죠? J는 남자의 눈을 바라보며 낮은 목소리로 물었다. 힘껏 그을 용기도 없었어요. 살짝 상처만 내고 말았죠. 엄마는 화만 내더라고요. 남자가 고개를 숙였다. 많이 힘들죠? J는 남자의 어깨에 조심스레 손을 얹었다. 사람들은 저마다 고통이 있어요. 그 고통을 이해하는 사람은 드물죠. 머리에 메모리칩 하나만 심어도 다 가질 수 있는 지식이에요. 내가 하는 공부가 무슨 의미가 있을까요.

물론 맞는 이야기예요. 하지만 아직은 사람 몫이 있지 않을까요? AI 진료 시스템이 의사를 대신하고 있지만 저도 의사로 일하고 있어요. 힘들더라도 제 길을 찾아보세요. 선생님과 제 자리가 같지는 않잖아요? 남자가 손등으로 눈가에 맺힌 눈물을 닦았다. 그런데, 선생님. 남자가 고개를 들었다. 네, 말씀하세요. AI에게도 영혼이 있을까요? J는 잠시 대답을 미룬 채 남자의 시선을 받았다. 남자의 팽팽한 눈살이 조금씩 꿈틀거렸다. 선생님께서는 어떻게 생각하세요? 글쎄요, 그 질문에 대답할 수 있는 사람이 누가 있을까요? 영혼 자체가 과학적인 개념이 아닌데요. J가 상담 테이블에 팔꿈치를 얹고 두 손바닥으로 턱을 괬다. 두루수다 DOG SHOW에 대한 WAGI 회장의 사전 논평이 있었어요. 남자가 미러스크린을 향해 바싹 의자를 당겨 앉았다. J는 말없이 ㈜바람돌이 네트워크에 접속했다. 두루수다 DOG SHOW 엠블럼이 미러스크린 위로 떠올랐다.

…… 우리는 AI와 생명에 대한 존재론적 성찰 혹은 거대한 사기극의 현장과 마주하게 될 시점에 와있습니다. 만일 두루수다가 스스로 느끼고 판단하여 동물과 소통할 수 있다면, 이는 동물 소리가 소통을 목적으로 하는 인간 언어와 다르지 않다는 증거가 될 수 있습니다. 나아가 동물의 존재에 대해서도 다시 생각해야만 할 것입니다. 동물이 인간과 동등한, 적어도 그에 준하는 존재 의미를 지니고 있다는 사실을 받아들여야 합니다. 인간은 지난 수백만 년 동안 동물을 하위 생명체로 인식해왔습니다. 그러한 인식에 반하는 존재론적 가치를 동물에게 부여하기란 쉽지 않은 일입니다.

우리는 그 끝을 알 수 없는 AI 시대를 살고 있습니다. 그러나 아직 AI는 인간의 통제 아래에 놓여있습니다. ㈜바람돌이에서 말하는 고도의 순수 지능을 구현할 수 있는가에 대해서도 의문입니다. 지금 우리는 그런 AI, 두루수다를 검증하려고 이 자리에 모였습니다. 물론 두루수다가 ㈜바람돌이 주장처럼 AGI를 실현했을지도 모릅니다. 그러나, 만일, 두루수다가 스스로 능력이 아닌 지도 학습에 따라 움직이는 인공지능이라면, 이는 단지 인간과 개의 유대 관계가 만들어낸 데이터의 증명일 뿐이며 전 세계를 상대로 벌이는 사기극에 지나지 않을 것입니다.

이제 그 두루수다를 검증하기 위해 세계가 한자리에 모였습니다. 물론, 우리는 AI가 얼마나 더 발전할지 함부로 예단할 수 없습니다. 다만 우리의 상상 그 이상으로 발전할 수 있는 여지가 있다는 사실 만큼은 분명합니다. 지금 이 자리는 그런 가능성을 검증하고 나아가 인류와 AI 그리고 모든 생명체 사이의 공존을 모색하는 의미 있는 기회가 되리라 여깁니다. ……

너무 뻔한 이야기예요. 남자가 고개를 내저었다. 저 이상 논평을 내기도 어려웠을 거예요. J가 남자를 향해 몸을 틀었다. 아시잖아요. AGI 실현은 멀지 않았어요. WAGI 회장이라면 검증 없이도 판단이 가능할 거라고요. 남자의 목소리는 평소와 달리 바싹 날이 서 있었다. 동물과 인간의 대화는 단지 AI 문제가 아니니까요. J가 남자의 말을 받았다. 맞아요. 인간 존재에 대한 도전이에요. AI는 인간의 모든 일을 다 하고, 심지어 더 잘해요. 인간이 느끼는 감정까지 공유할 수 있다면 AI는 더 이상 단순한 컴퓨터가 아니라 살아있는 존재겠죠. 바로 그런 점에서 인간의 영역에 침범한 것이고요. 남자가 자리에서 일어서 진료실 안을 빙글빙글 맴돌며 말했다.

*

'두루수다 DOG SHOW' 카운트다운 …… D-7

*

J는 미러스크린 속으로 손을 밀어 넣었다. 미러스크린이 최근 J가 연결한 네트워크 목록을 띄워주었다. 환자는? J가 세리를 돌아보았다. 내원하지 않았습니다. 세리가 파란 눈을 깜박거리며 J의 시선을 마주했다. J는 고개를 끄덕이고 미러스크린을 향해 앉았다. ㈜바람돌이 네트워크 연결까지 일 분이 남아있었다. 의자에 머리를 기대고 눈을 감았다. 매주 상담을 오던 남자가 예약 시간에 오지 않았다. 지금껏 진료를 하면서 한 번도 없던 경우였다. 언제나 약속 시간을 정확히 지켜오던 유일한 환자였는데.

네트워크가 연결되었습니다. J는 몸을 일으켜 미러스크린을 쳐다보았다. 허공 위로 희뿌옇게 홀로그램이 떠올랐다. 그 가운데에 자그마한 개 한 마리가 쪼그려 앉아있었다. 털은 반질반질 윤기가 일었고 금방 몸을 씻은 듯 샴푸 향이 은은하게 올라왔다. 녀석의 눈이 J와 마주하자 미러스크린 홀로그램이 J를 향해 비스듬히 기울었다. 안녕하세요? 두루수다예요. 녀석은 금방이라도 J의 품 안으로 뛰어들 것만 같았다. 안녕? J가 홀로그램으로 만들어진 개를 향해 손바닥을 흔들었다.

두루수다가 J의 진료실 안을 뛰어 돌았다. 미러스크린에서 내쏘는 스팟 조명을 따라 금빛 털이 살랑거렸고 발소리가 가볍게 울렸다. J는 두루수다의 뛰노는 모습을 지켜보다가 토커스페이스[7]를 열어보았다. 전 세계 실시간 참여자는 미처 만 명도 되지 않았다. 두루수다는 한참 동안 진료실을 맴돌고 다시금 J 앞에 앉았다. 긴 혀를 빼물고 숨을 헐떡거렸다. J는 오른 다리를 왼 다리로 꼬아 올리며 손가락 끝으로 책상 위를 가볍게 두드렸다.

안녕하세요? 여러분. 지금부터 두루수다 DOG SHOW를 시작하겠습니다. 두루수다를 비추던 스팟 조명이 꺼지고 희뿌연 홀로그램이 환하게 밝아졌다. 사람들이 하나, 둘 무대 위로 걸어나왔다. 오늘 쇼에 참석하신 검증관을 소개해 드릴게요. 아라미스 WAGI 회장님, 웨스트 렉 WAGI 개발팀장님, 하마스 리 미국과학기술국장님 …… 김진술 한국AI협회 이사장님, 이수아 애견협회장님, 석아랑 ㈜바람돌이 대표님이십니다. 그리고 각국의 여러 언론에서도 참석해주셨습니다. 저희 ㈜바람돌이 네트워크에 접속해주신 모든 분께도 진심으로 감사드립니다.

혹시 SHOW 진행자는 따로 없니? 기자석에 앉아있던 남자가

7) 전 세계 네트워크 유저들이 각국 언어로 소통할 수 있는 가상 대화 공간

자리에서 일어섰다. 얼굴에는 브레인 커넥터를 쓰고 있었다. K-NEWS 조민진 기자님이시죠? 두루수다가 기자를 향해 몸을 돌려 앉았다. 그래, 그런데 진행자는 언제 나오니? 기자가 컨벤션센터를 한 바퀴 둘러보았다. 순간 미러스크린 홀로그램이 기자 시선으로 담겼다. 털이 보송보송한 사랑스러운 애견 모습의 두루수다는 보이지 않았다. 대신 개 형태의 파란 몸체에 다리 네 개를 가진 로봇이 있었다. 두루수다 DOG SHOW는 제가 직접 진행합니다. 그리고 저는 ㈜바람돌이를 대표해서 이 자리에 나왔습니다. 공식적인 자리인 만큼 존댓말을 써주시면 좋겠습니다. 곧 파란색 로봇이 갈색 털의 작은 개 모습으로 바뀌었다. 두루수다가 기자의 벌겋게 물든 얼굴을 빤히 올려다보고 있었다.

저와 함께했던 친구들을 보여드릴게요. 두루수다의 눈길이 컨벤션센터에 앉아있는 검증단과 기자들을 훑었다. 미러스크린으로 깨끗하게 정돈된 흙바닥을 뛰노는 개들 모습이 떠올랐다. 개들에게 먹이를 주고 청소를 담당하는 안드로이드도 보였다. 저 개의 뇌 속에 제가 들어있었어요. 미러스크린이 무리 속에 섞여 있는 개 한 마리의 모습을 확대해서 보여주었다. 지금까지 홀로그램에 떠 있던 두루수다의 모습을 그대로 닮은 녀석이었다.

개들에 대해 충격적인 이야기가 있다고 했는데요. 김진술 이

사장이 홀로그램의 개 무리 속으로 걸어들어왔다. 네, 그랬지요. 두루수다가 그를 향해 꼬리를 흔들었다. 이제 본 이야기를 시작해도 좋을 것 같군요. 네, 이사장님 말씀처럼 두루수다 DOG SHOW를 시작하겠습니다. 두루수다가 몸통 위로 들려있던 꼬리를 접어 내렸다. 두루수다와 검증단을 보여주던 홀로그램이 까맣게 지워졌다. 그럼, 개들 이야기를 말씀드리기 전에 한 가지 여쭤보겠습니다. 모두 컨벤션센터 무대 중앙에 뜬 영상 문자를 확인해주세요. 두루수다의 음성이 들리고 새카만 홀로그램 위로 글자가 하나씩 새겨졌다.

개.가.사.람.을.사.랑.할.까.요?

컨벤션센터 어둠 속으로부터 사람들의 옅은 웅성거림이 흘러나왔다. 저게 무슨 소리야? 개가 사람을 사랑하냐고? 오늘의 검증 과제예요. 두루수다가 검증단석을 향해 돌아앉았다. 지금, 이 질문의 의도가 뭐죠? 어두웠던 홀로그램이 밝아지며 다시금 개들이 뛰노는 마당이 펼쳐졌다. 이수아 회장이 개 무리를 빤히 쳐다보았다. 그저, 사람의 생각을 알고 싶을 뿐이에요. 두루수다가 빳빳하게 꼬리를 치켜들고 이수아 회장과 시선을 마주했다. 하고 싶은 말이 뭐죠? 이수아 회장이 두루수다를 향해 한

걸음 다가섰다.

그동안 저는 개들과 많은 대화를 했어요. 대부분 이야기는 사람들이 알고 있는 개들의 행동패턴과 유사했지요. 다만, 한 가지만 빼고요. 두루수다가 검증단석에 둘러싸인 무대 위로 자리를 옮겼다. 새카만 눈동자 속으로 진료실 의자에 앉은 J의 모습이 담겼다. 마치 당신 생각은 어떠냐고 묻는 것 같았다. 세리, 커피 한 잔. J는 토커스페이스를 들여다보았다. 저 말은 개가 사람을 사랑하지 않는다는 말이잖아. 그러면 어떻게 개와 사람은 그렇게 친할 수 있지? 동시에 유사한 질문과 답변들이 한꺼번에 쏟아졌다.

개는 인류와 오랫동안 함께한 반려동물입니다. 이 사실만큼은 변할 수 없죠. 그런데 ㈜바람돌이는 개가 사람을 사랑하는지 묻고 있습니다. 이 부분에 대해서는, 질문을 하기 전에, 그런 질문을 하게 된 정확한 근거를 제시해주셔야 합니다. 이수아 회장의 목소리 톤이 높아졌다. 네, 최선을 다해 설명해드리겠습니다. 하지만 제 이야기를 믿어주시는 건 검증단의 몫인 것 같아요. 제가 저 친구들과 함께 지내면서 가장 많이 들은 이야기가 뭔지 아세요? 두루수다 홀로그램 왼쪽 위편으로 흙바닥을 뛰는 개들의 모습이 선명했다. 그 반대편 대칭에 검증단 모습이 떠올랐다. 무슨 이야기죠? 이수아 회장이 물었다. 자, 이번 대답도 영상으로 보여드리겠습니다. 컨벤션센터 무대 중앙을 한번 더 봐주세요.

살.기.위.해.서.는.인.간.과.친.해.야.한.다.

새로운 열네 개 문자가 미러스크린 홀로그램에 찍혔다. J는 세리가 건네주는 커피를 받아 진료 책상 위에 올려놓았다. 커피잔에서 흰 증기가 올라오고 있었다. 개가 얼마나 충직한 반려동물인지는 개와 함께 지낸 사람이라면 누구라도 알 수 있어요. 이게 지금 무슨 말도 안 되는 소리죠? 이수아 회장이 ㈜바람돌이 석아랑 대표를 향해 발걸음을 옮겼다.

*

퍽, 퍼벅! 개와 검증단을 비추고 있는 미러스크린 속에서 갑자기 무언가 터지고 깨지는 소리가 들렸다. 인간 존엄성을 훼손하는 시도를 당장 그만하라! 영상이 바뀌고 한국AI협회 컨벤션센터 모습이 전체적으로 떠올랐다. 한 무리의 사람들이 어깨에 붉은 띠를 두르고, 손에는 피켓을 들고 컨벤션센터 제7 출입구에서 있었다. 동물은 동물이다. 거짓 쇼를 멈춰라! 그들은 컨벤션센터 무대를 향해 달걀과 밀가루 봉지를 집어 던졌다. 순간, J가 어깨를 움찔거리며 몸을 움츠렸다. 홀로그램 속 달걀과 밀가루 봉지가 자신을 향해 날아드는 것만 같았다.

컨벤션센터 무대 한편에 앉아있던 두루수다가 몸을 일으켰다. 그리고 컨벤션센터 안쪽을 향해 소리쳤다. D1! D1! D1! 곧이어 컨벤션센터 무대 뒤편 제1 출입문 쪽에서 검정 옷차림의 장정 수십 명이 달려나왔다. 그들은 둥그렇게 반원형으로 열을 지어 시위자들을 천천히 둘러쌌다. 그리고 한 걸음씩 앞으로 나갔다. 달걀이 깨지고 밀가루가 날렸지만 조금도 동요하지 않고 조직과 전진을 반복했다. 두루수다는 거짓이다. 인간 존엄을 지켜라. 시위자들의 거센 외침이 장정들의 포위를 뚫고 터져 나왔다. 걱정 마세요. ㈜바람돌이에서는 만약의 불미스러운 사태까지 모두 대비를 하고 있습니다. 장정들이 좀 더 그 간격을 좁히며 컨벤션센터 밖을 향해 시위자들을 밀고 나갔다.

그때였다. 빈틈없이 짜인 장정들 틈새를 뚫고 한 남자가 뛰쳐나왔다. J는 진료 의자에 비스듬히 기대있던 몸을 일으켰다. 그리고 미러스크린 속 남자를 향해 눈을 맞췄다. 힙합 스타일 청바지에 흰색 셔츠 차림을 한 남자의 모습이 홀로그램 가득 확대되었다. J는 미러스크린을 정지시키고 남자의 얼굴을 들여다보았다. 얼굴에 하얀 밀가루를 뒤집어쓰고 있었지만 J는 분명히 남자의 얼굴을 알아볼 수 있었다. 잠시 정지되어있던 화면이 다시 움직였다. 남자가 두루수다를 향해 달걀을 집어 던졌다. 두루수다의 머리를 타고 달걀 노른자가 흘러내렸다. 장정 두 명이 남자를 향해 달려가 팔을 결박하고 컨벤션센터 밖으로 잡아 끌었다. 남자는 아무런 저항 없이 그들을 따라 걸었다. 그의 발걸음이 바닥에 깔린 밀가루와 달걀을 성큼성큼 밟고 지나갔다.

*

미러스크린에 비친 컨벤션센터 무대 바닥이 흔들렸다. 밀가루와 깨진 달걀이 잘게 분해되어 컨벤션센터 바닥으로 흡수되었다. 무대는 쇼가 시작되기 전처럼 깨끗한 모습이었다. 두루수다 DOG SHOW 중에 불미스러운 일이 있었던 점 진심으로 사과드립니다. 이제 모든 상황이 정리되었으니 편안히 쇼를 즐겨주세요. 두루수다가 무대 한가운데 자리를 잡고 꼬리를 세워 흔들었다.

잠깐만. 지금 이게 뭐 하는 거죠? 웨스트 렉 팀장이 석아랑 대표가 앉아있던 테이블 위로 두 손을 짚고 섰다. 무슨 문제가 있을까요? 석아랑 대표는 자리에 앉은 그대로 웨스트 렉 팀장의 얼굴을 쳐다보았다. 동물과 대화가 가능한 AI에 대해 검증하는 자리라고 알고 있는데요. 이 자리에 있는 것은 작은 로봇 하나가 전부군요. ㈜바람돌이 대표님의 해명이 필요합니다. 컨벤션센터 가득 얕은 웅성거림이 피어올랐다. 두루수다의 구성원리에서부터 공감 능력에 대한 의심까지 동물과의 대화 가능성에 대한 부정이 쉼 없이 이야기되고 있었다.

맞습니다. 이건 아닌 것 같군요. 이런 식이라면 더 이상 쇼를 볼 것도 없이 아무런 증명도 할 수가 없습니다. 두루수다의 실체를 인정받고 싶다면 그 소스와 알고리즘부터 공개해야만 합니다. 우리는 로봇 쇼가 아니라, 두루수다라는 AGI 실현 여부를 확인하러 왔습니다. 김진술 이사장이 말했다. 그러면 어떤 방식으로 하는 것이 좋을까요? 컨벤션센터 무대 한복판을 차지하고 앉아있던 두루수다가 되물었다. 적어도 두루수다라는 AGI 구현 방식에 대해 설명은 있어야 하지 않나요? 뜬금없이 개가 사람을 좋아하지 않는다니요? 최소한의 기술 공유도 안 할 거면 왜 이런 자리를 만들었죠? ㈜바람돌이 대표님, 이번 대답은 대표님께서 직접 해주시죠. 이 자리에 앉아있는 검증단은 그저 AI 쇼를 보려고 온 게 아닙니다. 적어도 두루수다가 진정으로 동물과 소통하는 것인지 확인할 수 있도록 그 기본원리와 작동에 관한 프레젠테이션 정도는 있어야 하지 않을까요? 하마스 리 국장이 석아랑 대표를 향해 몸을 일으켰다.

이번 행사의 공식 명칭은 두루수다 DOG SHOW입니다. 프로그램 공개가 목적이 아니란 말이죠. 석아랑 대표가 하마스 리국장부터 검증단석을 돌아보며 말했다. 사실, 두루수다 개발은 초기 단계입니다. 다만, 오늘의 이 쇼가 하나의 계기가 되기를 바랍니다. 여기서 분명한 사실은 여러분이 지적하신 대로 개의 소통 방식에 대해서는 상당 부분 경험적으로 파악되어있다는 것입니다. 우리도 두루수다와 개들의 대화를 통해 그 부분을 확인할 수 있었고요. 다만, 충격적인 것은 개들이 인간을 결코 반려자로 보지 않는다는 사실이었습니다.

지금, 대표님께서 무슨 말을 하고 있는지 아시나요? 개들이 인간을 반려자로 보지 않는다고요? 이 말씀만으로도 판단할 수 있군요. ㈜바람돌이에서 개발한 두루수다는 엉터리에요. 이수아 회장이 팔짱을 틀며 허리를 꼿꼿이 폈다. 홀로그램 속으로 이수아 회장과 석아랑 대표의 전신이 나란히 대치되었다. 저희도 당황스럽기는 마찬가지였습니다. 이 프로젝트는 보다 친숙한 반려동물 문화를 만들고 싶어서 시작했습니다. 하지만 개들은 분명히 말했습니다. 인간을 좋아하지 않는다고 말이죠. 좀 더 구체적으로 말씀해주시죠? 이수아 회장이 석아랑 대표의 눈길을 빤히 쳐다보았다.

개들은 알고 있었습니다. 자신들이 인간의 필요 때문에 개량되고 사육되어왔다는 사실을 말이죠. 살아남기 위해 인간과 친해질 필요가 있고 그런 현실적 이유로 인간과 밀접한 관계를 맺고 살아간다는 것이죠. 진실을 전한다는 것만으로 두루수다가 엉터리라고요? 물론 의심할 수는 있습니다. 하지만 이 자리에서 제가 확실하게 할 수 있는 말은 인공지능에 한계란 존재하지 않는다는 것입니다. 공감 능력? 창조 능력? 물론, 두루수다는 아직 한계가 명백한 인공지능입니다. 하지만 이 자리에서 우리 모두가 깨달았으면 좋겠습니다. 인공지능은 우리가 상상하는 것보다 훨씬 더 멀리 나가 있습니다.

그런 소리를 하려면 신학자나 철학자를 초빙했어야죠. 하마스리 국장이 주름진 이맛살을 찌푸렸다. 지금까지 두루수다 DOG SHOW를 보셨으면 AI 전문가로서 감이 잡히는 게 있으실 겁니다. 너무 불쾌하게 생각지 마시고 새롭게 연구할 수 있는 분야를 발견했다고 여겨주세요. 저희도 회사 운명을 걸고 진행하는 프로젝트입니다. 아직 완성되지도 않은 프로그램 소스를 공개할 수는 없는 노릇이지요. 자, 두루수다! 석아랑 대표가 목소리를 높였다. 두루수다가 석아랑 대표에게 달려왔다. 미러스크린이 플라스틱 로봇의 모습과 갈색 강아지 모습을 교대로 보여주었다.

*

J는 ㈜바람돌이 네트워크 접속을 종료하고 피식, 웃음을 흘렸다. 봤어? 정말 우습지? 세리를 향해 소리치며 환자 차트를 열었다. 곧 두루수다에게 달걀을 던진 남자의 엄마와 상담이 예약된 시간이었다. 세리가 빨갛게 눈을 밝힌 채 고개를 빙글빙글 돌리고 있었다. ■

……

혁명 혹은 사기…… ㈜바람돌이 '두루수다 CPZ' 개발 발표
인간과 동물의 소통 논란 재점화

지난 13일 AI 개발업체 ㈜바람돌이는 '두루수다DOG'에 이어 영장류의 한 종류인 침팬지와 소통할 수 있는 '두루수다 CPZ'를 개발했다고 발표했다. ㈜바람돌이 개발팀의 김승기 팀장은 "AI 딥 러닝의 비지도 학습능력을 크게 강화하는 한편 인간과의 소통 기능 지도 학습은 약화함으로써 침팬지와의 보다 의미 있는 소통이 가능할 수 있도록 했다"라면서 "'두루수다 CPZ'는 기존 '두루수다DOG'의 TPU를 더욱 소형화했으며 그 적용 방식도 뇌 이식이 아니라 보청기처럼 삽입해 사용하게 함으로써 동물 학대 정도를 줄였다"라고 강조했다.

그러나 WAGI는 "침팬지는 인간과 같은 영장류인 만큼 '두루수다 CPZ'의 특별한 능력은 기대하기 어렵다"고 지적했다. AI가 아니더라도 침팬지의 언어능력에 대해서는 이미 상당 부분 연구가 되어있다는 것이다.

이에 대해 ㈜바람돌이는 "침팬지의 언어능력에 관한 연구는 인간과 동물의 왜곡된 소통 방식이 빚은 생명 경시 현상을 명확히 드러낼 수 있는 계기가 될 것"이라며 "AI 개발이 인간과 지구 생태계의 지속가능성을 열어줄 수 있는 비밀 열쇠가 되길 바란다"라고 밝혀, 향후 펼쳐질 동물 언어와 동물의 존재 의미에 대한 지속적인 논란을 예고했다.

한국 문학의 작은 거인들

이경재(문학평론가, 숭실대학교 국어국문학과 교수)

한국 문학의 작은 거인들

1. 무상의 작은 선물

소설집 『작은 것들』은 문학이 진정한 의미에서 선물일 수 있음을 증명하는 사례이다. 인간은 기본적으로 외로운 존재이다.

이것은 인간만이 외로움을 느낄 수 있다는 것을 의미한다. 그렇기에 인간은 필사적으로 타인을 향해 손을 내밀고 귀를 기울이고 입을 여는 존재라고 할 수 있다. 최근에는 인류 최초의 상업 행위라고 할 수 있는 물물교환도 경제적인 이유가 아니라 타인과의 소통을 위한 동기에서 비롯된 것이라는 주장도 제기되고 있다.

문학 역시 기본적으로는 존재의 벽을 뚫고 타인에게 다가가기 위한 필사적인 도약의 행위에 가깝다. 특히나 소설은 구체적인 인간의 삶과 그 내면을 드러낸다는 점에서 가장 내밀한 것을 교환하는 행위에 해당한다. 작가는 타인(자신도 포함한)의 삶을 누구보다 오래 바라보고 고민한 결과를 원고지 위에 형상화하고,

목사는 자기가 형상화한 세계를 진지하게 들여다보며 존재의 벽을 넘으려는 필사의 도약을 감행한다. 특히나 소설은 인간의 내면과 삶의 실감에 있어, 그 어떤 인간의 행위와도 비교할 수 없는 탁월함을 지니고 있다. 소설집 『작은 것들』에는 강이라의 「우리의 공갈 젖꼭지 나무」, 권정숙의 「굿모닝 손 대리」, 김강의 「검은 고양이는 어떻게 되었나」, 김도일의 「어룡이 놀던 자리」, 문서정의 「누가 불의 게임을 하는가」, 채윤의 「TEASER」가 수록되어 있다. 각각의 작품은 소설이라는 선물이 얼마나 고유한 개성으로 빛날 수 있는가를 실감 나게 보여준다. 이들 작품은 여섯 명의 작가가 혼신을 다하여 우리 시대 독자들을 향해 보낸 무상無償의 선물이라고 할 수 있다.

2. 가족이라는 굴레를 벗어나는 두 가지 방법

문서정의 「누가 불의 게임을 하는가」는 육촌 사이인 주연과 해수가 주인공으로, 둘은 모두 가족으로부터 비롯된 상처를 가지고 있다. 주연은 고등학교 선생님이고 해수는 대입 수험생으로서 둘은 동거하게 된다. 조해수는 아버지의 가정폭력을 피해 주연의 아파트에서 살게 된 것이다. 해수는 아버지 때문에 "죽을

듯한 공포"를 느끼기도 했으며, 해수의 손목에는 스스로 손목을 그은 상흔도 남아있다. 안타깝게도 해수의 동생 민혁은 해수보다도 더한 폭력을 당해, "아빠가 옷걸이나 허리띠를 빼 들면 맞기도 전에 오줌을 지"릴 정도이다.

해수가 그러한 상처로부터 벗어나는 한 방법은 '불의 게임'을 하는 것이다. 타다 남은 담배꽁초를 아무 데나 버리고선 아침에 화재가 났는지 여부를 살펴보는 것이다. 그것은 현실의 수동적 피해자인 해수가 능동적인 주체가 될 수 있는 유일한 방법이다. 해수는 "가해자가 될 수 있다는 게 믿을 수 없을 정도로 짜릿하다"고 느끼며, 실제로 아파트 놀이터에 불을 낸 적도 있다. 그러나 '불의 게임'은 결코 해결책이 될 수 없다. 해수는 대입 수능을 치르고 난 뒤에 민혁이 있는 집으로 갔다가, 민혁이 아빠에게 폭행을 당해 어깨 골절상을 입었으며 그동안의 극심한 스트레스로 이빨이 세 개나 빠졌다는 것을 알게 된다. 그날 밤 해수의 아버지 공장에는 큰불이 나고, 아이러니하게도 제때 빠져나오지 못한 민혁만 화상을 입어 수술을 하게 된다. 해수는 "자신이 저지른 불의 게임의 대가가 자신이 가장 믿고 의지했던 민혁에게 커다란 아픔을 줄 줄은" 상상도 하지 못했던 것이다.

해수의 상처가 아버지로부터 비롯된다면 주연의 고민은 어머니로부터 비롯된다.[1] 혼자 된 주연의 엄마는 김 교수라는 남자에게 빠져, 죽은 남편과 주연에게 신경을 쓰지 않는다. 아버지가 돌아가신 지 일 년도 되지 않아 다른 남자와 사실혼 관계를 맺은 엄마는, 아버지의 연금을 타기 위해 혼인신고는 일부러 하지 않고 있다. 한 발 더 나아가 엄마는 김 교수라는 남자와 결혼도 하고, 아버지가 유산으로 물려준 집을 팔아 조금 더 큰 집으로 옮겨 살겠다고 선언한다. 그리고 주연에게는 작은 아파트를 전세로 물려주겠다고 약속한다. 나중에 엄마는 실제로 주연에게 작은 아파트를 구해주려고 하지만 이 일로 김 교수라는 남자에게 폭언과 폭행에 시달리고 있음이 드러난다.

결국 「누가 불의 게임을 하는가」는 해수와 주연이 새로운 세상을 향해 떠나는 것으로 끝난다. 평소 "흔적도 없이" 사라져서 "아무도 모르는 데 가서 살 거예요"라고 말하던 해수는 먼 태국으로 떠난다. 그곳은 "사람들이 잘 모르는 곳"이자 "가족들이 사는 곳에서 가장 멀리" 있는 곳이기도 하다. 주연은 해수가 자신의 아파트를 나간 지 오 년이 지난 어느 주말, 세계 여행 다큐멘터리에서 "물의 나라인 태국 팡아만의 수상 마을"에서 살아가는 해수를 발견한다. 해수는 "이곳에서 사는 게 좋아요"라고 말하며, "누구에게도 속박되지 않고, 사람들과 부대끼지도 않는

---

1) 거기에 더해 오래 사귀어 온 상훈이 자기의 대학동기인 H와 결혼을 한 것도 주연에게는 큰 상처가 된다.

이 섬에서 사는 게 행복해요"라고 덧붙인다. 그리고 주연 역시 여름방학이 시작되는 날에 바로 떠날 수 있는 대국행 티켓을 예매한다.

문서정의 「누가 불의 게임을 하는가」가 고통을 극복하는 방법으로 이곳에서 저곳으로의 이주를 보여주었다면, 강이라의 「우리의 공갈 젖꼭지 나무」는 고통을 극복하기 위해 고통의 실체와 당당하게 마주해야 한다는 당위를 보여준다. 강이라의 「우리의 공갈 젖꼭지 나무」에서 성장은 공갈 젖꼭지와의 결별을 통해 이루어진다. 제목이기도 한 '공갈 젖꼭지 나무'는 북유럽에서 아이들이 어느 정도 자라면 입에 물고 있던 공갈 젖꼭지를 직접 매달아 유아 시절에 대한 작별을 고하는 의식에 사용되는 나무를 말한다. 이때 공갈 젖꼭지는 현실의 비루함과 고통을 은폐하는 환상의 장막에 해당한다고 볼 수 있다. 인간은 공갈 젖꼭지를 물고 있는 한 현실의 쓰라림은 잊을 수 있겠지만, 동시에 언제까지나 어린애에 머물 수밖에 없는 것이다. 주인공인 다정은 지금 공갈 젖꼭지를 나무에 걸어야만 하는 기로에 서 있다. 그것은 다큐멘터리에서 "공갈 젖꼭지를 나무에 매달며 'Say good-bye'로 작별을 고하던 아이"를 보면서, 다정이 그 아이는 "어쩌면 다정, 자신일지도 몰랐다"고 생각하는 것에서 분명하게 드러난다.

주인공인 다정은 학원 강사로서 임용고시를 준비하고 있다. 다정의 아버지는 성실하고 "콩 하나에 감사할 줄 아는 사람"이었지만 늙도록 가난했으며, 다정의 어머니는 오랜 관절염으로 앉고 서는 것도 힘들어한다. 동생인 다훈도 서울의 고시원에서 공무원 시험을 준비하고 있으며, 다정은 "소녀 가장"으로 가정의 생계를 떠맡다시피 하고 있다. 다정은 정식 교사가 되어 "부모에게 한 번쯤은 차고 넘치게 자랑스러운 자식이 되어보고 싶"은 소망이 있다. 소녀 가장이지만 다정은 아직 미숙한 존재인데 그것은 어머니와의 동침 장면을 통해서 선명하게 드러난다. 다정은 한밤중에 깨어 엄마의 이불 속으로 들어가서는, 엄마의 왼쪽 젖가슴에 손을 가만히 올려놓고 손바닥으로 전해지는 심장박동을 음미하듯 즐긴다. 연년생으로 태어난 다훈에게 젖을 빼앗긴 다정에게, 엄마는 공갈 젖꼭지를 물려주었고 다정은 위 대문니가 살짝 벌어진 채 나고 말 정도로 공갈 젖꼭지를 떼지 못했던 것이다.

성장의 과정에서 다정의 짝패로 등장하는 것이 바로 다정의 제자인 한솔이다. 다정은 한솔의 국어 선생님이자 학원 담임이다. 이 작품에서 다정과 한솔을 이어주는 것은 바로 다정이 피우는 담배이다. 다정은 첫 임용고시에 떨어져 불합격 결과를 받은 날, 선배의 권유로 담배를 피우기 시작한다. 다정은 학원 교실에서 몰래 담배를 피우다가 급하게 그것을 밖으로 던지곤 했으며, 어느 날에는 그 꽁초가 아래층 세탁소의 비싼 패딩에 구멍을 냈던 것이다. 세탁소 주인에게 멱살을 잡히는 상황에서도 한솔은 끝까지 다정 대신에 자신이 담배꽁초를 던졌다고 버틴다. 이 때문에 한솔은 세탁소 아저씨에게 수모를 당하고 변상까지 해야만 했던 것이다. 담배는 성인이 된 다정의 공갈 젖꼭지라고 할 수 있다.

한솔은 시험을 보고서는 시험지로 딱지와 비행기를 접을 정도로 학업에 별다른 관심이 없다. 한솔의 고통은 과학고 다니는 형과의 비교에서 비롯된다. 다정에게 공갈 젖꼭지가 담배라면, 한솔에게 공갈 젖꼭지는 〈꽁보리네 보리〉라는 유튜브 방송이다. 보리는 시각 장애인 안내견 후보견이었지만, 사람을 너무 좋아해서 자꾸 한눈을 팔았기 때문에 안내견이 되는 것에 두 번이나 실패하고 결국 일반 분양이 된 개이다. 보리는 두 번이나 시험에 떨어지고도 너무나 즐거운 모습이었고 이러한 보리의 모습은 견주犬主는 물론이고 사람들에게 용기와 희망을 주었다. 구독자들은 "실패하고 탈락해본 사람들"로서, "시험에 계속 떨어졌다고 울지도 않고 기도 안 죽고 더 신나" 하는 보리를 보며 위로를 받았던 것이다.

이 작품에서 공갈 젖꼭지와의 결별이 가능한 것은 타인을 향한 관심과 사랑에서 비롯된다. 이러한 따뜻한 마음은 '우리'라는 말에 압축되어 있다. 다정은 한솔을 따라 애청자 스무 명 한정의 구독자 모임에 참석하기 위해, 편도 세 시간에 걸친 서울행에 동행한다. 다정이 대신 한솔이 대신 누명을 뒤집어쓴 것도, 다정과 한솔이 서울까지 동행한 것도, 다정이 애들 이름을 부를 때 항상 '우리'라는 말을 덧붙이는 따뜻한 마음 덕분에 가능했던 일일 것이다. 이러한 말버릇을 다정은 그녀의 부모에게 배웠다. 다정의 부모님은 항상 다정과 다훈을 '우리 다정이', '우리 다훈이'라고 불렀던 것이다. 다정은 서울을 다녀온 후에 학원을 그만두고 세 번째로 임용고시에 도전한다. 동시에 다정은 담배를 끊는다. 다정은 드디어 '공갈 젖꼭지 나무'에 '공갈 젖꼭지'를 매달게 된 것이다. 이러한 성장은 '우리'라는 단어에 압축된 타인을 향한 관심과 사랑에서 비롯된 것이라고 할 수 있다.

3. 현미경적 시선과 망원경적 시선

권정숙의 「굿모닝 손 대리」는 현실에 밀착하여 손정민이라는 평범한 샐러리맨이 겪는 현실의 고단함을 보여주는 작품이다.

손정민 대리는 오 년간 고 팀장 밑에서 함께 일을 해왔다. 그의 직속 사수인 고 팀장은 꼰대를 넘어선 꽝대로서 온갖 고약한 일을 마다하지 않는 상사이다. 고 팀장과 함께 일한 지 일수일째 되던 날, 만 원 하던 주식이 오백 원으로 폭락하자 소액주주들의 항의성 전화가 빗발친다. 팀장은 그 모든 항의 전화를 정민에게 응대하도록 만들었으며, 심지어는 "둘러댈 줄 모른다"고 정민을 욕하기까지 했다. 인사 개편 때 정민은 기를 쓰고 고 팀장을 피해 다른 부서로 가지만 고 팀장은 기어이 정민을 따라오고 만다. 고 팀장은 특별한 일이 없어도 회의를 핑계로 팀원들을 걸핏하면 불러내어 회식 자리를 만들어 괴롭힌다. 이런 고 팀장 아래서, 손정민은 오 년째 거의 매일 야근하고 주말도 반납해가며 출근하여 지칠 대로 지친 상태이다. 손정민이 써놓은 사표는 책상 서랍에 소복하다.

손정민이 이토록 힘든 삶을 감내하는 이유에는 어려운 집안 사정이 한몫을 차지한다. 경제적 능력이 없는 정민의 아버지는 부도까지 내고 칭다오로 도피한다. 순해 빠진 정민의 엄마는 칭다오의 제과점에서 와리깡을 해가며 아버지와 먹고살았던 것이다. 이런 엄마를 돌보느라 정민은 대출을 받는 것은 물론이고, 대학 시절에는 한 달에 한 번꼴로 코피를 쏟았다. 실질적인 가장으로 엄마의 환전 밑천을 마련하는 정민은, 대학 다니는 남동생을 돌보는 일까지 떠맡고 있다. 최근에는 엄마가 보이스 피싱을 당했다고 정민에게 전하까지 한 상태이다.

고약하기 이를 데 없는 고 팀장은 요즘 정민에게 살가운 말도 하며 정답게 대한다. 지금 사내에는 손정민 대리가 곧 이직할 것이라는 소문이 쫙 퍼진 상태이다. 실제로 정민은 서울의 Q 방송사에 지원하여 합격했다는 통지를 헤드헌터로부터 받았다. 정민의 진정한 고민은 그가 합격한 Q 방송사 역시 희망의 가능성이 아니라는 점이다. 최종 면접을 볼 때 Q 방송사의 실장은 사측과 사원의 관계는 "갑을관계"라고 말하며, 그것을 정민에게 복명복창하게 했다. Q 방송사의 승강기에서 만난 그곳의 사원들은 19층에서 1층까지 내려가는 동안 내내 상사를 씹어댔다. 그렇다고 정민의 단짝인 희주의 "니 꼰대 사수가 지금은 납작 엎드렸지만 니가 눌러앉으면ㅠㅠ 후폭풍 또한 만만찮을 텐디"라는 톡에서 알 수 있듯이, 지금의 회사에 눌러앉는다면 이전보다 더한 압박이 가해질 것임은 명약관화한 일이다. 작품은 마지막까지 이러지도 저러지도 못하는 난경이 계속되는 것으로 끝난다. 부장은 정민에게 "내년 봄에 다른 부서로 옮기자"라는 솔깃한 제안을 하고, 마침 정민의 전화기는 헤드헌터로부터 걸려온 전화로 부르르 떨린다.

권정숙의 「굿모닝 손 대리」가 현미경적 시선으로 현대사회를 살아가는 평범한 직장인의 현실을 보여준다면, 김강의 「검은 고양이는 어떻게 되었나」는 망원경적 시야로 현대사회의 비정한 작동 원리를 보여준다. 「검은 고양이는 어떻게 되었나」에서 '나'와 정원을 맞대고 사는 앞집 남자는 길고양이에게 밥을 준다. 주민들은 길고양이에게 먹이를 주는 것에 반대하여 앞집 남자와 자주 충돌한다. 그 충돌은 결국 주민들의 승리로 끝나는데, 동사무소나 구청이 길고양이들을 포획하고, 앞집은 더 이상 고양이들에게 밥을 주지 않는 것으로 결론이 난다. 이후 앞집 남자는 고양이에게 먹이를 주는 대신, 모이를 주어 멧비둘기들을 자신의 정원으로 유인한다. 길고양이들은 바로 그렇게 모여든 멧비둘기들을 먹으며 뚱뚱한 몸을 유지하는 것. 여기서 끝난다면 이 작품은 일상에서 일어날 수 있는 작은 에피소드를 그린 소품에 그칠 것이다. 그러나 「검은 고양이는 어떻게 되었나」는 이 멧비둘기와 고양이의 이야기를 알레고리로 독해하게 하는 또 하나의 이야기를 거느리고 있다.

그것은 바로 '나'와 중·고등학교를 함께 다닌 P의 이야기이다. P는 '나'의 결혼식 사회를 맡았을 만큼 둘은 절친한 사이였다. 이후 P는 '나'에게 보험 가입을 권유한 적이 있고, 이후에는 P가 주식투자에 실패했다는 이야기와 다른 동기의 사업에 투자했다가 일이 잘못되어 동기들 간에 소송이 붙었다는 이야기를 듣는다. 최근에 P는 '나'에게 전화를 걸어 자신이 아파트 갭투자를 하는 중이라며, 돈을 빌려달라고 말한다. 부탁을 거절한 후 어느 날, '나'는 P가 죽었다는 부고를 받는다. "조문객 반, 빚쟁이 반"인 빈소에서 P가 주식이다 가상화폐다 해서 벌려놓은 일이 많았으며 아파트 갭투자를 하겠다며 고객의 돈을 중간 인출한 사실이 들통나면서 고객과 회사로부터 고소를 당해 소송 중이었다는 이야기를 듣는다.

더욱 충격적인 사실은 그렇게 많은 사람들한테 돈을 모으고 사기를 쳤지만, P 앞으로 남아있는 재산이 별로 없었다는 사실이다. 그렇게 된 이유는 P가 자신의 선배인 L에게 이용당하고 있었기 때문임이 드러난다. P를 보험업계에 불러들인 L은 보험 영업이 아닌 다른 경로로 돈을 모으는 법, 그 돈으로 돈을 불리는 법, 그리고 책임을 회피하는 법을 P에게 가르쳤다. P는 L에게 배운 방식으로 주식은 물론이고, "가상화폐, 기획부동산, 돈을 탐할 수 있는, 돈이 몰려다니는 모든 곳"에 발을 들여놓았던 것이다.

여기에서 첫 번째 '멧비둘기와 고양이 이야기'는, 'P와 L의 이야기'와 서로 만나게 된다. 장례식장에서 "P가 헛꿈을 꾼 거지. 뿌려주는 놈은 다른 생각인데 말이야"라고 말하는 대목에서 알 수 있듯이, P는 아무것도 모른 채 새 모이를 주워 먹는 멧비둘기이며, L은 그 멧비둘기를 잡아먹는 살찐 고양이였던 것이다. 그렇다면 그 모든 생존의 희비극을 연출하는 사내는 누구(무엇)를 의미하는 것일까? 그것은 아마도 나날이 그 힘과 영향력을 키워가는 자본주의 그 자체는 아닐까? 김강의 「검은 고양이는 어떻게 되었나」는 21세기 한국문학의 결락 부분이라고 할 수 있는, 진중한 문제의식과 날카로운 시대정신이 번뜩이는 벼락같은 문제작이라고 할 수 있다.

4. 과거와 미래에서 바라본 존재의 심연

김도일의 「어룡이 놀던 자리」의 주인공 요한은 1980년대에 민주화운동을 하다가 1987년에 체포되어 수감생활을 하고 있다. 그는 신부님에게 "일종의 고해성사"를 하고 있는데, 요한에게는 "누군가에게 고백해야만 구원을 얻을 수 있다"라고 생각하게 만드는 "부끄러움"이 있다.[2)]

요한이 태어나 유년 시절을 보낸 곳은 영일이라는 곳으로, 그곳에는 지금 포스코가 들어서 있다. 이전에는 마을에 프랑스 신

2) 그러한 부끄러움은 혼거방에 함께 머무는 스물셋의 창식이라는 청년을 통해 의식의 표면으로 떠오른다. 창식은 자신의 아버지를 죽인 죄로 이곳에 들어온 것이다. 상해 치사죄로 오 년 형을 살고 나온 창식의 아버지는, 자신의 버릇대로 살다가 결국 자신의 아내를 칼로 살해했고, 창식은 그런 아버지를 죽이고 만 것이다. 창식에게는 "죽은 아비에 대한 연민은 손톱만큼도 없어 보"였다.

부가 세웠다는 수녀원이 있었으며, 그 안에는 성당, 고아원, 양로원, 장애인의 집 등이 갖춰져 있었다. 요한이 다닌 송동분교의 학생 절반은 수녀원의 아이들이었으며, 그중에서도 요한은 남두호와 친하게 지냈다. 남두호는 흑인의 피가 섞인 혼혈아로서, 어릴 때부터 "튀기, 깜둥이 새끼, 화냥년의 자식 같은 욕"을 들으며 자라야 했다. 두호는 같은 학년의 아이들보다 나이가 서너 살쯤 많았고 싸움도 잘했다. 두호의 유일한 희망은 미국에 가서 "돈도 마이 벌고 튀기, 깜둥이 소리 좀 안 듣고 살아보"는 것이었다. 그런 두호도 루시아 앞에서는 어린 양처럼 순했는데, 귀가 안 들리는 루시아는 수녀원에서 유치원생과 그보다 더 어린아이들을 돌보며 허드렛일을 했다. 두호와 루시아는 비슷한 처지로 어릴 때부터 오누이처럼 지냈으며 요한도 그 둘과 자주 어울려 다니며 함께 성장했다.

그들 앞에 요한의 먼 친척인 치곤이 나타난다. 악당이라고 할 수 있는 치곤은 요한에게 "니는 와 이런 깜둥이 새끼랑 벙어리 년하고 어울려 댕기노? 야들하고 댕기면 꼬추 떨어진데이"라고 하기도 했다. 후에 치곤 일당은 심각한 범죄를 저지른다. 제철소 건설 계획으로 마을에 빈집이 하나둘 늘어가고, 요한은 학교가 끝난 후 아이들과 함께 빈집에 들러 고물 찾는 일을 한다. 그러던 어느 밤, 요한은 빈집에서 두호가 무참하게 폭행당한 채

쓰러져 있고 방 안에서 루시아가 성폭행당하는 것을 목격한다. 그날 이후 두호와 루시아는 사라져버렸고 요한은 "인간은 인간이라는 이유만으로 죄가 있다는 것의 의미를 어렴풋하게 깨"닫는다.

요한은 그 현장에서 아무것도 하지 않은 채 도망쳐 나온 것에 대한 '부끄러움'을 안고 평생 살아온 것이다. 요한은 자신이 경찰에 체포된 날에 만난 택시 기사가 두호였으면 좋겠다고 생각할 정도이다. 요한은 자신이 가까이에 있는 악惡에는 둔감하고, 멀리에 있는 악에는 예민했다고 생각한다. 그러한 반성은 타인에게는 엄격하고 자신에게는 너그러웠던 삶에 대한 반성과도 맞닿아 있다. 요한의 고민은 다음의 인용문에 압축되어 있다.

> 저 또한 그 시절의 기억만을 간직하고 있었을 뿐, 부끄러움은 옅어져서 정상적인 욕망이라는 뻔뻔함으로 대체되었고 죄책감은 자기합리화로 변질되어 사라졌습니다. 제 안의 부끄러움과 죄책감은 덮어둔 채 조국의 민주화를 위한 고귀한 가시밭길을 가고 있다고 치부하고 있었던 것입니다. 이런 제가 순결한 열사의 뜻을 이어받는다고 하였습니다. 청년들의 맑은 눈을 바라보며 정의를 이야기하였습니다. 군부독재를 끝내자고 목에 핏대를 올리며 거리로 나갔습니다.

두호와 루시아가 끔찍한 일을 당하던 날, 요한은 마을로 달려가 아버지를 깨웠거나 하다못해 자신이 그 자리에서 치한 일당에게 잡히기라도 했다면 최악의 상황은 막을 수 있었다고 생각한다. 그러나 요한은 그렇게 하지 않았으며 결국 자신이 "가장 비겁한 길을 선택함으로써 두호와 루시아의 인생을 망가뜨린 것"이라고 자책한다. 이러한 죄의식은 그 어떤 사회적 대의를 위한 행동으로도 가려지지 않는다. "두 사람도 지켜주지 못한 제가 조국을, 민족을, 민주를……!" 외친 것에 대한 심각한 회의로부터 요한은 결코 벗어나지 못하는 것이다.

김도일의 「어룡이 놀던 자리」가 사라지지 않는 과거의 힘을 보여주는 작품이라면, 채윤의 「TEASER」는 미래를 배경으로 한 SF science fiction이다. 주지하다시피 SF란 일상적인 시공간을 벗어나 여러 비현실적인 일을 과학적으로 가상해 그린 소설을 말한다. SF는 인간의 과학기술이 급격하게 발달해 감히 신에게까지 도전하게 된 근대의 산물이기도 하다. 서구에서는 상당히 인기를 끄는 문학 장르임에도 한국문학에서는 오랫동안 주변적인 장르로서 경시된 측면이 있다. 그것은 오랫동안 SF를 '공상과학소설'로 번역하여 사용한 것에서도 알 수 있다. 원어의 어디에도 '공상'에 해당하는 말이 없음에도 불구하고, 굳이 부정적인 뉘앙스가 강한 '공상'이라는 말을 앞에 덧붙였던 것이다. 이것은 현실에 밀착된 전통적인 '노블novel형 소설'을 중시하는 한국 문학계의 통념이 반영된 결과라고 할 수 있다. 그러니 이제는 SF 앞에 '공상'이라는 말을 따로 붙이는 경우는 거의 없다. 이것은 SF가 보여주는 상상력이 허무맹랑한 '공상'으로 치부할 수 없는 폭과 깊이를 확보했기 때문일 것이다.

채윤의 「TEASER」 역시 앞으로 다가올 AI 시대에 본격화될 여러 가지 난제teaser들을 미리 보여주는 예고 광고teaser와 같은 작품이다. 이 작품은 동물과 소통할 수 있는 AI의 존재를 통해, 과연 미래 인간의 존재적 위상이 어떻게 될 것인지에 대한 철학적인 질문을 던진다. 시간적 배경은 이미 싱귤래리티singularity가 지난 지도 십수 년이 된 때로서, 산업현장은 물론 대부분의 예술 창작 분야에까지 AI가 인간의 자리를 차지한 지 오래다. 사람들은 일하지 않아도 대신 AI가 쉬지 않고 무엇인가를 생산해내며, 사람들은 거기에서 나오는 기본소득을 소비하면 그만인 시대이다. 문제는 인간과 동물의 언어를 연결해주는 인공지능까지 개발되는 단계에 이르렀다는 것이다. "언어에는 뜻이 있고 존재론적 가치를 지니게 마련"이어서, 인간과 동물이 언어로 연결된다는 것은 "동물이 인간과 동등한, 적어도 그에 준하는 존재 의미를 지니고 있다"라는 것을 의미하는 대사건이다. 또한 이것은 AI가 "더 이상 단순한 컴퓨터가 아니라 살아있는 존재"

임을 보여주는 사건이기도 하다.

작가는 미래의 모습에 대해 희망도 절망도 하지 않는다. 다만 희망과 절망의 두 가지 가능성을 동시에 제시하며 작품은 끝난다. 의사인 J를 찾아오는 남자가 겪는 "중증 강박장애와 우울증"이 미래의 암울한 가능성을 상징한다면, 동물의 언어를 번역해주는 AI의 개발사인 ㈜바람돌이의 "인간과 지구 생태계의 지속가능성을 열어줄 수 있는 비밀 열쇠가 되길 바란다"라는 입장은 미래의 희망에 해당한다고 할 수 있다. 결국 미래를 결정짓는 것은 현재 우리의 결단과 실천이었던 것이다.

5. 문단의 거인들

소설집 『작은 것들』은 우리 시대에 보기 드문 증여의 원리에 바탕을 둔 소설집이다. 이것은 인간과 세상에 대한 지고至高한 관심과 타인과의 소통을 향한 지순至純한 열망이 낳은 무상의 선물이라고 할 수 있다. 그 지고지순함의 밀도가 만들어놓은 문학적 성과는 하나의 장관을 이룬다.

강이라의 「우리의 공갈 젖꼭지 나무」와 문서정의 「누가 불의 게임을 하는가」는 근대소설의 모범적 형식에 해당하는 교양소설에 해당한다. 본격적으로 이 사회의 구성원이 되려는 젊은이들의 고뇌와 성장의 과정이 아름답게 펼쳐져 있는 것이다. 다만, 그 성장의 행로와 방향은 조금 차이가 있다. 강이라의 「우리의 공갈 젖꼭지 나무」가 어리광부리는 자신과의 결별을 통해 '지금-이곳'의 현실에 보다 집중하려는 다짐을 제시한다면, 문서정의 「누가 불의 게임을 하는가」는 이곳이 아닌 저곳으로의 이주를 통한 새로운 삶의 가능성을 모색하는 것이다. 두 가지 성장의 모습에는 우리 시대 젊은이들이 처한 난경과 그럼에도 그 속에서 피어나는 삶의 의지가 담겨있다.

다음으로 권정숙의 「굿모닝 손 대리」와 김강의 「검은 고양이는 어떻게 되었나」는 근대소설의 적자라고 할 수 있는 리얼리즘적 성격의 작품들이다. 두 작품은 자본주의라는 거대한 기계가 현대인을 휘두르고 내모는 양상을 이질적인 각도에서 보여주고 있다. 권정숙의 「굿모닝 손 대리」가 자본주의의 원리가 작동하는 최말단의 모습을 생생하게 드러낸다면, 김강의 「검은 고양이는 어떻게 되었나」는 조망적 시선을 통하여 그 원리의 전체적인 얼개를 스케치하는 데 치중한다. 두 작품은 하나의 짝을 이루어 우리가 살아가는 세상의 전체적인 모습과 실감을 독자에게 전달해준다.

마지막으로 김도일의 「어룡이 놀던 자리」와 채윤의 「TEASER」

는 현재를 규정하는 핵심적인 심급이기도 한 과거와 미래를 통해 존재의 심층적 진실에 다가가고자 한 작품이다. 김도일의 「어룡이 놀던 자리」는 한 인간의 삶을 지배하는 트라우마의 끈질긴 힘과 멀리에 있는 선善과 가까이에 있는 악惡의 미묘한 갈등이라는 존재의 근원적 이율배반을 파헤치는 철학적인 작품이다. 채윤의 「TEASER」는 과학기술이 고도로 발달한 미래사회를 배경으로 하여 인간의 존재론적 위상과 참된 삶의 방향을 고민하고 있다.

소설집 『작은 것들』을 통해 여섯 명의 작가들이 독자들에게 준 선물은 참으로 아름답고 종요롭다. 그렇기에 이들 여섯 작가는 우리 시대 문학의 작은 거인들이라고 보아도 큰 무리가 없을 것이다. 소설집 『작은 것들』은 우리가 앞으로 이 여섯 명의 작가들 강이라, 권정숙, 김강, 김도일, 문서정, 채윤에게 계속 관심을 가져야 할 충분한 근거가 되어, 우리 책상 위에 오롯이 놓여있다.

도서출판 득수 득수소설

작은 것들

1판 1쇄 2022년 9월 30일

지은이 **강이라, 권정숙, 김 강, 김도일, 문서정, 채 윤**
펴낸이 **김 강**
편집 · 디자인 **제일커뮤니티** 054 • 282 • 6852
인쇄 · 제책 **천우원색인쇄사**
펴낸 곳 **도서출판 득수**
출판등록 2022년 4월 8일 제2022-000005호
주소 경북 포항시 북구 장량로 174번길 6-15 1층
전자우편 chloro@hanmail.net
ISBN 979-11-979610-1-4

값 17,000원

이 도서는 한국출판문화산업진흥원의 '2022년 중소출판사 출판콘텐츠 창작 지원사업'의 일환으로 국민체육진흥기금을 지원받아 제작되었습니다.